DAL MONDO

ITALIA

Marco Videtta

Un bell'avvenire

azzeccagarbugli 09

edizioni e/o

Dello stesso Autore presso le nostre edizioni:

Nordest (con Massimo Carlotto)

Via Camozzi, 1 – 00195 Roma
info@edizionieo.it
www.edizionieo.it

Grafica/Emanuele Ragnisco
per Mekkanografici Associati

ISBN 978-88-7641-860-0

A Barbara

«Ma tutto rientra ben presto
nell'ordine, ovverosia
nelle tenebre».
RAYMOND RADIGUET

«La nostra modesta
funzione… è organizzare
l'Apocalisse».
ANDRÉ MALRAUX

Prologo

L'insurrezione dilagava per il centro di Milano. Tutto era precipitato in un attimo, come la parete di una diga che scricchiola per mesi e poi cede di schianto.

Il rosso, per le strade, era il colore dominante. Di nero era rimasto solo il suo stato d'animo, il buio in cui era piombato negli ultimi giorni. Ai suoi occhi malati e pesti i partigiani issati sugli autocarri, le bandiere, la folla urlante apparivano deformati. Non gli serviva più a niente stirare la pelle agli angoli degli occhi. Ormai la malattia aveva avuto la meglio e i colpi subiti nelle segrete di Villa Triste avevano completato il danno. Stava per diventare cieco.

I vetrini di contatto della Zeiss erano saltati sotto i colpi precisi di Koch. La lacerazione sotto la palpebra non si cicatrizzava e gli procurava fitte lancinanti.

La Beretta calibro 9 era solo un peso nella tasca, non sarebbe stato in grado di adoperarla. Camminava facendo strusciare le dita contro i muri, augurandosi che nessuno si accorgesse di lui, almeno fino a che non avesse raggiunto il rifugio di via Pontaccio dove Nora, ammesso che fosse ancora viva, lo stava aspettando. Aveva bisogno di Nora.

Mentre attraversava la strada non ebbe modo di accorgersi dell'uomo in trench che lo stava seguendo e anche se si fosse voltato non sarebbe stato in grado di riconoscerlo. Non era cieco che da pochi minuti e avrebbe avuto bisogno di tempo per sviluppare gli altri sensi.

Ma di tempo, ormai, non ne aveva più, lo aveva consumato tutto.

«Consumatum est» *come gli aveva urlato Silvio Gomez, una notte di due anni prima che sembrava affondare in un'altra vita.*

La vide, o almeno intuì che fosse lei quella sagoma sulla soglia del portone che si sbracciava per salutarlo, o forse per segnalargli qualcosa.

Il rumore dello sparo arrivò simultaneamente alla fitta nella schiena. Mentre si girava un secondo colpo gli entrò nell'occhio destro. Si accasciò sulle ginocchia e cadde riverso sul bordo del marciapiede.

Dopo il fuggi fuggi generale due o tre passanti, che non avevano visto l'assassino, si avvicinarono con timore a quel corpo riverso, accartocciato e vuoto come uno straccio.

Nessuno ebbe il coraggio di chinarsi sul cadavere. Rimasero in piedi a contemplarlo, incerti tra orrore e indifferenza, come accade davanti a un cane investito da un autocarro.

«Chissà chi era» disse qualcuno.

«Sarà stato un fascista» rispose una donna per tutti.

Capitolo primo

Lo desideravo da tempo. Era una promessa fatta fin da quando, ai primi di maggio del 1945, i partigiani mi avevano portato via dal paese per destinarmi al campo di concentramento americano di Coltano. Ora, dopo tre anni difficili, il gran giorno era arrivato. Sulla corriera che doveva portarmi a Sordevolo c'erano poche persone. Nessuno badava a me. Avevo scelto un posto defilato, in fondo, accanto a un finestrino.

Era una bella mattina di marzo, limpida e piena di sole. Non potevo sperare di meglio. A Biella avevo comprato dei fiori, tanti garofani bianchi e rossi racchiusi da felci verdi, da spargere sulle tombe.

Il pullman filava dolcemente mentre mi abbandonavo ai pensieri e ai ricordi. I monti si profilavano all'orizzonte e si avvicinavano ingrandendosi sempre di più. Quei monti: erano proprio come tre anni prima. Noi soldati della Repubblica Sociale Italiana li avevamo sempre guardati con diffidenza e rancore. Ci avevano distolto dalla vera battaglia, quella sul fronte meridionale. Una barriera di incomprensione ci divideva da quelle montagne. E adesso per me era anche peggio perché con il loro carico di morti disseminati nei cimiteri, nelle forre, nei torrenti, nei crepacci rappresentavano la realtà dei nostri sogni infranti, delle speranze perdute.

Abbandonata la statale, la corriera si infilò nelle strette strade che attraversavano il Biellese. Superati Occhieppo Inferiore e Occhieppo Superiore, tipici e rozzi paesi pedemontani, proseguì costeggiando prati morbidi e tranquilli, inondati di sole.

Qualche insegna di locanda, squarci di azzurro subito dopo i tornanti, gli opifici sparsi ai lati della strada, lo sguardo curioso di giovani donne col grembiule da operaie. Pensai a Nina, una ragazza che avevo conosciuto in una di quelle fabbriche, ma ne scacciai subito l'immagine per non distogliermi dallo scopo del viaggio. La meta era ormai vicina. I tornanti si facevano più frequenti e stretti, le macchie si infoltivano. Osservavo con il cuore in tumulto quel paesaggio che ora invitava a una tranquilla scampagnata, ma un tempo sembrava fatto apposta per le imboscate.

Affrontata l'ultima salita, la corriera si arrestò all'ingresso del paese. Era la mia fermata. Fui l'unico a scendere. L'autista richiuse le porte, fece grattare il cambio e, con uno sbuffo di fumo, la corriera si allontanò lentamente, fino a scomparire dietro la prima curva.

Rimasi immobile, le gambe che tremavano. La determinazione con cui mi ero fatto forza per tutto il tragitto di colpo era svanita. Forse venire da solo era stato un errore.

Mentre fissavo il paese, incapace di fare un passo, un ragazzino rosso di capelli e con i pantaloni corti arrivò correndo nella mia direzione.

Sperai che la voce non tradisse la mia emozione e gli chiesi dove fosse il cimitero.

«Dopo la piazza... c'è un viottolo» mi urlò continuando a correre.

La strada portava direttamente alla piazza del paese. Mi guardai intorno con morbosa curiosità. Che posto tranquillo! Una pace e un silenzio assoluti, ancora più pigri in quel giorno di primavera.

Di fronte a me vidi la chiesa. Sul sagrato un uomo se ne stava seduto tranquillamente. A sinistra, il palazzo del comune e davanti al suo ingresso due vecchi che fumavano in silenzio. Nessun altro.

Non mi ricordavo della piazza. Troppa differenza da quel

mattino del 30 aprile '45. Forse per il mio stato d'animo di allora, o forse per la massa di folla urlante stipata ai lati del nostro cammino. Finalmente lo vidi. Il viottolo. Appena imboccato lo riconobbi... Di questo, sì, mi ricordavo bene... La schiena di quel gigantesco partigiano che apriva il corteo e aizzava la folla contro di noi facendosi banditore dell'imminente macello. Gli spintoni, le imprecazioni della gente, l'umido degli sputi, la violenza delle percosse. Ora i particolari affioravano, nitidi e sferzanti.

In fondo al viottolo, sul piccolo spiazzo davanti all'ingresso del cimitero, ebbi la visione orrenda del cadavere di don Giorgio, il cappellano, crivellato di colpi.

Il posto era proprio come allora, nulla era cambiato. Solo il silenzio era diverso. Non c'era più tutta quella gente e non c'era sangue lì in terra. Non si sentivano più il crepitio del mitra, le grida e i gemiti. Solo un silenzio irreale. Quasi mi abbandonavo alla dolcezza di quell'immobilità da sogno, all'illusione che non fosse mai successo nulla, ma i segni delle pallottole ancora evidenti sul muro di cinta del cimitero mi richiamarono alla realtà del passato e del presente. A che serviva indugiare? Mi avviai con decisione verso l'ingresso del cimitero.

Mi venne incontro il giardiniere. Gli chiesi di indicarmi le tombe che cercavo. Erano alla destra dell'ingresso, allineate tutte e dieci, in uno stato di semiabbandono. Mentre le fissavo, il giardiniere mi prese i fiori dalle mani dicendo: «Dia pure a me, ci penso io».

Li sparse sulle tombe con precisione e delicatezza.

«Dieci» dissi a mezza voce.

«Sì, dieci» commentò il giardiniere, «ma dovevano essere undici».

«Che intende dire?» l'interruppi.

«Uno dei condannati si salvò all'ultimo momento, prima dell'esecuzione proprio qui, davanti al cimitero».

«Davvero?».

«Era un ufficiale della bassa Italia».

Non seppi resistere alla tentazione di chiedergli se fosse stato presente, se avesse assistito all'esecuzione.

«Per forza» rispose, «ero lì alla porta».

Dunque non mi aveva riconosciuto! Eppure rimaneva di fronte a me, continuando a fissarmi con un sorriso interlocutorio. Finalmente capii e, restituendogli il sorriso, mi frugai in tasca e gli allungai una mancia. Gli raccomandai di avere cura di quelle tombe, considerando la distanza che divideva quei morti dalle loro famiglie di origine.

Uscii dal cimitero, ormai ostaggio dei ricordi. Non potevo andar via senza aver rivisto la cella in cui avevo trascorso l'ultima notte in attesa della morte.

Ripercorsi il viottolo fino a che vidi, sulla sinistra, il piccolo padiglione abbandonato, avvolto dalle erbacce. Un minuto dopo ero davanti alla porta socchiusa. La spinsi ed entrai. Lo stesso buio, lo stesso tanfo di umidità, di muffa, lo stesso tavolaccio. Rividi il piccolo Gioè e il sangue che gli usciva dalla profonda ferita alla testa. Risentii sulla mia spalla il capo di Tonino Amato e la sua voce stanca, piena di rimpianto e di trepidazione per la bambina che di lì a poco sarebbe nata e che non avrebbe visto; gli urli e i lamenti degli uomini rinchiusi nella cella accanto, colpiti dalla gragnuola di randellate, la stessa che di lì a poco si sarebbe abbattuta ancora una volta su di noi. Dovetti uscire in fretta e reprimere un conato di vomito.

Mi affrettai verso la piazza dove vidi sopraggiungere un corteo funebre. Il pensiero che si potesse morire anche in tempo di pace mi colse di sorpresa. Eppure non era un funerale come tanti. Dietro la vedova in lacrime, i figli in abito scuro, gli amici e i conoscenti a capo chino, la piazza si stava riempiendo di gente e qualcuno urlava «Assassini!».

Intorno al feretro, più del dolore si percepiva la rabbia. Fui attraversato dal pensiero che l'uomo chiuso nel carro funebre non fosse morto nel suo letto, e a conferma di questa sensazione notai che la piccola folla era scortata da una camionetta dei carabinieri. Sul volto e sulle mani di un giovane brigadiere la tensione era palpabile. Impugnava un mitra e si guardava intorno con occhi vigili e preoccupati.

Rimasi in disparte, augurandomi che nessuno mi notasse. Ero venuto per tenere fede alla mia promessa. A ciascuno i suoi morti, non mi interessava altro. Lasciai che il corteo sfilasse verso il viottolo che portava al cimitero, quindi attraversai la piazza e mi infilai nell'osteria di fronte.

La sala era buia e umida, con quattro o cinque tavoli quadrati. In cucina sfaccendava una donna dall'aspetto burbero che, pur notandomi, non si degnò di salutarmi ma lanciò un richiamo in dialetto piemontese. Dal retro sbucò una ragazza sui vent'anni, la quale si affrettò a dirmi che da mangiare c'erano solo lardo e un po' di polenta.

«Va bene qualunque cosa» le dissi cercando quasi di rassicurarla.

«Vino?» mi chiese scostando una sedia da un tavolo per farmi accomodare.

«Un quartino».

«Arriva subito».

Una volta seduto avvertii tutto il peso del lungo viaggio da Napoli. Avevo bisogno di mangiare qualcosa prima di tornare a Milano, dove l'indomani avevo un appuntamento in questura per ritirare il certificato di morte di mio fratello Lucio, che era stato meno fortunato di me.

Mentre aspettavo il vino e la polenta sfilai dalla tasca della giacca la lettera spiegazzata che avevo scritto ai miei genitori dal campo di concentramento. La rilessi ancora una volta:

«*Carissimi, è con animo un po' sereno che vi scrivo questa mia. Solo oggi ho la possibilità di farlo e questo povero pezzo di lapis, simbolo della tremenda vicenda che ancora conduco, non può fissare sulla carta il tumulto di pensieri e di sentimenti, di informazioni e di notizie che costituiscono la sintesi di due anni di lotte, speranze, desideri, sacrifici. Entro pochi giorni questo campo sarà sgomberato e noi tutti mandati a casa. Sono assolutamente tranquillo perché ho fatto sempre il mio dovere, operando per il bene, in buona fede. Il male che ho potuto fare (errare humanum est) l'ho già pagato amaramente. Sappiate solo, per ora, che grazie a un vero miracolo sono stato ridonato alla vita. Di me vi dico che sto bene, fisicamente e moralmente, ma che ho sofferto tanto, come mai avevo sofferto. Il trattamento è da bestie! Dopo cinque anni di gioventù dedicati con passione e amore alla Patria! Sono stremato, pur avendo reagito alle avversità sia con il fisico, di cui sono grato a voi genitori, sia con la volontà che mi ha conservato integro, sia con l'integrità che mi ha mantenuto degno. Appena libero verrò da voi per un periodo che vivrò interamente con voi e per voi. Prego papà di prepararmi tanta Calciofosfina Colangelo o prodotto equivalente, come ai tempi della farmacia. Non preoccupatevi per Lucio. Era a Milano e ho la ferma convinzione che vi si trovi tuttora. Se malauguratamente continuasse a non dare notizie, dopo un breve ristoro ritornerò io stesso al Nord per informarmi. È a questo che agogno di più: vivere in mezzo a voi, coccolarmi vicino a mamma, come in altri tempi, senza interessarmi a nulla per un po'. Poi la vita ci troverà più forti e decisi di prima. Conto i giorni. Napule! Napule! Vi abbraccio. Fulvio.*

P.S.: Scrivetemi subito a quest'indirizzo: P.W. 711058 – Campo 337/5 presso Arcivescovado di Pisa. Raccomando a papà di non muoversi e la Calciofosfina».

Quando i miei avevano ricevuto la lettera erano già stati informati della morte di Lucio. Come sempre, gli eventi mi avevano anticipato e sopraffatto. Come sempre non ero stato all'altezza. Mi sembrava impossibile che avessi davvero scritto io quella lettera così ingenua, così… stupida. Erano passati quasi tre anni, ma sembravano un secolo. Non perché il tempo avesse attenuato il dolore, ma perché in quei tre anni avevo smesso di vivere. Non avrei saputo dire nemmeno cosa avessi fatto due giorni prima. Galleggiavo in una sospensione temporale e non c'era giorno in cui non pensassi a mio fratello. Mentre l'Italia stava cercando di rimettersi in cammino, come un pachiderma affondato per metà nelle sabbie mobili, io mi sentivo colpevole. Colpevole di essere sopravvissuto. Tutti o quasi volevano gettarsi alle spalle il passato. Io non riuscivo a intravedere un futuro. Di lì a cinque mesi avrei compiuto ventotto anni, eppure mi sentivo vecchio, come se la morte di mio fratello avesse segnato per me la fine della giovinezza e delle speranze.

«Cosa? No, no. Si tratta di una vendetta a sfondo politico. Ne sono convinti anche i carabinieri... Si chiamava Augusto Monamì...».

Assorto nei miei pensieri, non mi ero accorto di quel giovane che parlava, o meglio urlava nella cornetta del telefono a parete accanto all'ingresso della cucina. Era impossibile non ascoltare quello che diceva.

«...Un piccolo industriale tessile, qui in zona. La solita storia del vecchio collaborazionista che la fa franca grazie all'amnistia Togliatti... Accusato di delazione. Aveva denunciato tre operai che appoggiavano la Resistenza... Sì, certo... Furono fucilati dai tedeschi, tutti e tre. Nel '44. Secondo me gliel'hanno fatta pagare. Gli hanno sparato nella schiena, e il colpo di grazia in testa. No, i familiari non parlano, non c'è verso. Di quante colonne vuoi il pezzo? D'accordo, entro stasera. No, no, rientro subito. Tanto qua... Va bene, ti saluto. Ciao».

Era un ragazzo alto, pieno di energia. Si era tenuto in testa il cappello, un Borsalino floscio. Giacca di taglio sportivo, una matita appoggiata all'orecchio e la sigaretta senza filtro stretta tra le labbra. Si capiva che giocava un po' a fare il reporter da film americano. Appena la cameriera comparve con il mio piatto di polenta e il vino, le ordinò una birra e le chiese se poteva avere un panino con la carne. Con mia sorpresa la ragazza non ebbe difficoltà a esaudirlo. Era un tipo che piaceva alle donne. Sapevo riconoscerli, quelli così. Solo pochi anni prima ero stato come lui.

Spiluccando la polenta come fosse una medicina da trangugiare per forza, rimasi a osservarlo mentre prendeva appunti su un taccuino nero. Doveva avere la mia età. Scriveva senza esitazioni, di getto. Nella tasca della giacca aveva infilato un quotidiano, *Milano Sera*.

La ragazza tornò col boccale di birra e il panino. La fermai chiedendole a che ora partiva la corriera per Biella e se c'erano coincidenze con il treno per Milano.

«La prossima parte nel pomeriggio, alle tre e dieci. Per il treno non so».

Le tre e dieci. Sarei dovuto rimanere lì per altre quattro ore!

La ragazza colse il mio disappunto e alzò le spalle, come per scusarsi.

«Non sa se c'è qualcuno che potrebbe darmi un passaggio? Anche a pagamento, s'intende».

«Dove deve andare?» s'intromise il giornalista.

«A Milano».

«Se vuole ce la porto io. Ho la macchina».

«Non so proprio come ringraziarla. Mi permetta di offrirle il pranzo».

«Ci mancherebbe. Signorina, mi prepari il conto».

Provai a obiettare ma lui, facendomi l'occhiolino, mi disse che tanto pagava *Milano Sera*.

«A proposito» concluse tendendomi amichevolmente la mano, «mi chiamo Ninni Rocca».

«Piacere, Fulvio Amitrano».

Per un attimo la sua baldanza sembrò vacillare.

Lo guardai, interdetto:

«Qualcosa non va?».

Rocca mi fissò, continuando a tenermi stretta la mano. Era impallidito come se una lama gelida lo avesse appena trafitto.

«Sei per caso parente di Lucio Amitrano?» mi domandò quasi trattenendo le parole.

A sentirgli pronunciare quel nome, fu come se mi strappassero la medicazione da una ferita ancora pulsante:

«Era mio fratello».

Annuì con una smorfia di dolore, senza parlare. Lasciò i soldi sul tavolo e si avviò all'uscita.

Prima di aprire la porta mi disse soltanto:

«Vieni».

«L'ho conosciuto» mi disse mentre alla guida della piccola utilitaria affrontava con imprudenza un tornante dietro l'altro.

Sebbene volessi tempestarlo di domande, rimasi a fissarlo in attesa che riuscisse a mettere in fila i ricordi. Da tre anni convivevo a stento con i miei, e sapevo bene quanto fosse difficile mettere ordine nella folla di emozioni che quelli della nostra generazione avevano vissuto in un'età in cui normalmente si va ancora al liceo o all'università. Osservandolo di profilo mi accorsi di una cicatrice che gli solcava il bel volto regolare dallo zigomo fino a un angolo della bocca. Era larga e lucida, certamente la conseguenza di un'ustione. In Russia mi era capitato di vedere ferite simili.

Avvertendo il mio sguardo indagatore, si portò le dita alla cicatrice come se la volesse nascondere con una furtiva carezza.

«Sono stati loro a farmela».

«Chi?».

«Quelli della banda Koch. Sai di cosa parlo?».

«Vagamente. Credo fosse una specie di polizia politica. Ho letto qualcosa sul giornale, un paio d'anni fa».

«Erano peggio della Gestapo. Gli ho visto fare cose... Scusa, ma mi riesce ancora difficile parlarne».

«Tu eri nella Resistenza?».

«Sì. A Milano. Lavoravo in una tipografia clandestina del CLN. Ci fu una retata in seguito alla solita delazione e finimmo tutti a Villa Triste, è così che la gente la chiamava. Villa Triste. Era come l'Inquisizione. Di notte venivano a prelevarti in cella e cominciava il pestaggio. Ti colpivano in cinque, in sei... Sembravano indemoniati. Ho visto ragazzi tornare senza denti, glieli avevano fatti saltare a forza di botte. Unghie strappate, costole rotte, schiene sanguinanti per le frustate. Un girone dantesco. Io me la sono cavata con... questa. Un ferro rovente».

«Mi dispiace. Ma non capisco, mio fratello...».

«È lì che l'ho conosciuto».

Lo odiai.

«Guarda che ti sbagli. Mio fratello era una persona perbene. Non avrebbe mai...».

Mi interruppe: «Ma cosa hai capito? Lucio era in cella con me».

Anche questo mi sembrava impossibile: Lucio era un fascista purissimo, morto per l'Idea. Era praticamente impossibile che uno come lui, un giornalista peraltro, venisse arrestato dai suoi stessi camerati! Quell'uomo si stava evidentemente confondendo o, peggio, mi stava prendendo in giro. Forse mi aveva visto al cimitero, aveva capito che anch'io ero un fascista e voleva stanarmi per vendicare su di me i torti che credeva di aver subìto. Cercai di tenere a freno l'impulso di costringerlo a fermarsi per farmi scendere dalla macchina.

Concentrato sulla guida e assorto nei ricordi, Rocca non si accorse della mia agitazione e riprese a raccontare:

«Quei maledetti erano stati particolarmente duri con lui.

Quando lo riportavano in cella dopo l'interrogatorio, dovevamo tenerlo in piedi per farlo dormire. Aveva due costole fratturate e stare sdraiato gli procurava troppo dolore. Ma la cosa che ancora oggi mi fa accapponare la pelle è il modo in cui si erano accaniti sugli occhi. Lucio soffriva di una malattia particolare, vero? Qualcosa alla cornea...».

Allora era vero. Era proprio lui. Non si stava sbagliando e il suo tono era dolente, partecipe. Ma com'era possibile?

Rocca si accorse del mio turbamento: «Scusa, sono stato indelicato. Scusa davvero. È stata la coincidenza di incontrarti... Comunque l'importante è che siamo qua, mentre quegli assassini sono finiti davanti al plotone d'esecuzione: Koch, Trinca, Tela, il conte Spada. Almeno i caporioni hanno pagato. E noi ce la siamo cavata, giusto? Basta. Chiuso. Chi ha avuto, ha avuto... E Lucio? Come sta, adesso? Da allora non ci siamo più visti».

«Bene, grazie» mentii. « È tornato a Napoli».

«Lavora? Si è sposato?».

«Sì, sì. Con una ragazza della zona. È per questo che sono qui. Dovevo recapitare un regalo per certi parenti...».

«Be', salutamelo, ammesso che si ricordi di me, date le circostanze».

«Lo farò senz'altro».

Non potevo più reggere quell'inutile e crudele finzione. Avrei voluto restare in silenzio fino a Milano. Ma c'era ancora una cosa che dovevo chiedergli.

«Lucio non mi ha mai parlato della banda Koch».

«È comprensibile. Anch'io a casa non ho mai detto niente».

«Quello che non capisco è perché lo avessero arrestato».

«Non so dirti. Per quelle carogne valeva qualunque pretesto. So solo che ogni volta che venivano a prenderlo in cella gli urlavano "infame, traditore"».

Lucio, mio fratello, un traditore... Mi era impossibile persino immaginarlo.

QUESTURA DI MILANO

Divisione I N. di prot. 032435 U.P. Milano, 2 maggio 1945

Risposta a nota /

Allegati /

OGGETTO: Amitrano Lucio di Vincenzo e Mariani Rosalba nato a Napoli il 28 dicembre 1917.

In riferimento alla nota N. 060903 del 30 aprile 1945 si trasmette copia del certificato di morte, dell'uf= ficio dello stato civile del locale comune, relativo a AMITRANO Lucio, fucilato dai patrioti in Milano il 29 aprile 1945, in seguito agli avvenimenti insurrezionali. Il medesimo in atto trovasi sepolto nel cimitero di Musocco di questa città, campo N. 10 fossa 1375.

IL QUESTORE
Renato Manfredini

Il certificato di morte era solo timbrato, senza una firma in calce. Ma nella sua freddezza burocratica parlava chiaro: Lucio era stato ucciso dai partigiani quattro giorni dopo la cosiddetta Liberazione.

Una morte tragica, violenta ma coerente. Coerente come erano sempre stati il pensiero e l'azione di mio fratello. Rocca si sbagliava. Eppure il nome, il particolare degli occhi non potevano essere coincidenze. Mentre mi infilavo nella tasca della giacca il foglio della questura, decisi di fare un tentativo: parlare con l'uomo il cui nome compariva sul certificato di morte, Renato Manfredini.

Lo rintracciai con estrema facilità, semplicemente consultando l'elenco telefonico. Fu cordiale e si disse ansioso di incontrarmi. Ci demmo appuntamento alle tre del pomeriggio. Ne approfittai per recuperare la valigia in albergo e per cambiarmi la camicia, che era ancora quella spiegazzata con cui avevo viaggiato da Napoli. Avevo intenzione di fare in modo che l'incontro avesse la dignità che meritava. Appena vidi l'ex questore fui contento di essermi dato una rassettata. Manfredini era un uomo dal portamento elegante e distinto. Indossava un completo fresco di lavanderia ed emanava un gradevole odore di colonia. Portava con sobrietà e compostezza il suo status di pensionato, e il peso della sconfitta.

L'appuntamento era al parco Solari, nient'altro che dei giardinetti spelacchiati e a quell'ora deserti. L'ex questore aveva l'abitudine di portarvi a passeggio il suo cocker dal pelo nero, che per tutto il tempo del colloquio non fece che alzare la zampetta contro gli alberi circostanti «per rivendicarne la giurisdizione», come mi spiegò scherzosamente il suo padrone.

Manfredini era una persona perbene, uno di quei rari funzionari pubblici sinceramente fedeli allo stato. Come questore non era stato un estremista e si era trovato in difficoltà nella convulsa situazione della Repubblica di Salò. Aveva cercato di mantenere l'ordine in mezzo al caos, di far rispettare la legge anche quando i suoi stessi colleghi il più delle volte se ne fregavano, preoccupati soprattutto di assecondare i pressanti diktat dell'alleato tedesco.

Era in questo clima di sfiducia e di sospetto che aveva conosciuto mio fratello, di cui si ricordava benissimo. Ci tenne a dire che Lucio apparteneva a quella categoria di giovani che avevano sinceramente creduto nell'idea fascista e l'avevano servita «con purezza assoluta d'animo, senza trarne in alcuna circostanza profitto».

Nonostante il suo modo di esprimersi ampollosamente burocratico, ebbi la sensazione che provasse un certo malinconico affetto nei confronti di mio fratello.

Gli chiesi di confermarmi l'arresto di Lucio da parte del Reparto speciale che faceva capo a Pietro Koch.

Per un attimo mi sembrò sorpreso dal fatto che ne fossi informato, ma poi non esitò a darmi una spiegazione:

«Suo fratello aveva conosciuto Koch a Roma, poco prima dell'arrivo degli americani. In questura le famigerate gesta del Reparto speciale erano ben note: Koch era stato preceduto dalla sua... diciamo intensa attività. Sapevamo di certi metodi violenti negli interrogatori e volevamo vederci chiaro. Purtroppo non potevamo agire in modo scoperto perché Koch era fortemente spalleggiato dai tedeschi e dal ministro degli Interni. In altre parole, era quasi un intoccabile.

«Lucio, che nonostante le sue doti intellettuali non ricopriva alcun incarico né in federazione né, come avrebbe voluto, nella redazione di qualche giornale, si offrì di fingere un'adesione al Reparto speciale come informatore. Non so in che modo fosse entrato nelle grazie di Koch, che era molto sospettoso di natura. Fatto sta che riuscì nell'intento e per un paio di mesi collaborò col Reparto tenendoci costantemente informati. Non era l'unico infiltrato, ma indubbiamente il suo operato fu prezioso. Anche grazie a lui riuscimmo a mettere insieme gli elementi necessari per poter agire contro Koch e i suoi accoliti. Li arrestammo il 25 settembre del '44, con una retata. Stabilimmo l'orario alle diciotto, perché sapevamo che a quell'ora quasi tutti i componenti della banda dormivano. Dovevano recuperare le energie spese durante gli interrogatori e gli arresti, che avvenivano sempre di notte».

«È vero che Lucio fu torturato da Koch?».

Manfredini sospirò. Lanciò un'occhiata pensierosa al cane e annuì, evitando di guardarmi.

«Purtroppo sì» disse alla fine. «Lucio non era un professionista e Koch era un uomo molto scaltro. Credo che avessero avuto una discussione in merito a una certa indagine su Carlo Borsani, il direttore della *Repubblica Fascista* che in un articolo si era espresso, contro il volere del Duce e dei tedeschi, a favore di una riconciliazione nazionale. Koch voleva fabbricare delle prove contro di lui, mentre Lucio avrebbe preferito concentrare gli sforzi d'indagine esclusivamente contro i partigiani. Fatto sta che Koch smise di fidarsi di lui e non esitò a sottoporlo al trattamento che riservava agli altri prigionieri. Quell'uomo era un opportunista, un sadico e Lucio pagò il prezzo dell'inesperienza. Per fortuna riuscimmo a intervenire con una certa tempestività e a liberarlo prima che fosse troppo tardi».

«E dopo? Lucio continuò a collaborare con lei?».

Manfredini si lasciò sfuggire un sorriso carico di amarezza: «Dopo, lei dice». Si chinò per raccogliere un pezzetto di legno e lo lanciò al cocker, che si guardò bene dal raccoglierlo.

«Vede?» commentò. «Anche il cane non mi ubbidisce più. È stanco, come il suo padrone. Preferisce restarsene a casa e accucciarsi accanto al termosifone. Sinceramente, non so dargli torto. Le dispiace se ci sediamo un momento?».

Si lasciò andare con un profondo sospiro su una panchina, come se persino quel movimento gli costasse fatica. Mi accomodai accanto a lui, con la sensazione di fare compagnia a un vecchio zio.

«Dopo» ripeté ancora, «fui allontanato dalla mia carica, insieme al capo della polizia. Era la diretta conseguenza di quella che per me era stata una brillante operazione, di polizia e di pulizia. Gliel'ho detto, Koch godeva di protezioni molto in alto».

«E Lucio?».

Manfredini si girò a guardarmi. Mi batté delicatamente una mano su un ginocchio.

«Lucio cadde in disgrazia, come tutti noi. Cercò di sopravvivere vendendo quel poco che possedeva. Ogni tanto riusciva a scrivere, in forma anonima, qualche articoletto sulla cronaca locale. Stentava, povero ragazzo».

Provai a pensare a Lucio nel suo inseparabile abito blu, magro, scavato, con quella leggera stempiatura che lo faceva sembrare più vecchio. Solo. Pensai che se fossimo riusciti a vederci, in quegli ultimi mesi, forse... Ricacciai in gola il magone e, schiarendomi la voce, tirai fuori dalla tasca della giacca il certificato di morte.

Lessi: «Fucilato dai patrioti. È così che è andata?».

Manfredini mi sfilò di mano il foglio. Lo vidi corrugare la fronte, come se avesse subìto l'ultimo affronto:

«Nemmeno il timbro hanno cambiato. Vede? Non c'è la firma. D'altronde non avrei potuto, non ero più in carica. Ma in quei giorni, che vuole, è successo di tutto. Almeno questo me lo sono risparmiato».

«Comunque lei crede che Lucio sia stato ucciso dai partigiani?».

«E da chi, se no? È chiaro che lavorando per Koch si era esposto alla vendetta di qualcuno che aveva denunciato e fatto arrestare. Probabilmente, nella sua intransigenza, si era esposto troppo o si era rifiutato di imboscarsi, come altri più furbi. Lei sa com'era fatto Lucio: non si tirava mai indietro».

«Sì, Lucio era fatto così».

Lucio era fatto così.

Mentre il treno che mi avrebbe riportato a casa usciva dalla stazione di Milano chiusi gli occhi, cercando di ricordarmelo bene, mio fratello.

Aveva tre anni più di me. Era più alto della media, capelli biondi, ondulati e una luce particolare negli occhi azzurri, che sembravano brillare di una febbre, una fiamma che ardeva incessantemente. Quando parlava c'era in lui una forza che calamitava l'attenzione, non tanto per quello che diceva ma per come lo diceva. Quello sguardo così particolare trasmetteva qualcosa di inespresso, che mi faceva intravedere prospettive nascoste, progetti nuovi, sogni da realizzare. I concetti erano quelli che entrambi condividevamo: Patria, Rivoluzione, Partito, Causa, Fede. Ma Lucio era sempre un passo avanti. Mi faceva sentire oltre.

Fissandolo negli occhi, quei concetti astratti trovavano forma e spazio e davano corpo ad aspirazioni segrete, ambizioni inconfessabili, imprese eroiche in cui finivo puntualmente per identificarmi. Ascoltarlo parlare era un'esperienza che mi elevava e mi trascinava lontano dalla grigia realtà in cui vivevamo. Una realtà che io, più pigro e fatalista, avrei anche accettato se lui non mi avesse spinto a guardarla fino in fondo, fino a toccare la verità.

Io lo capivo. Sognavo i suoi sogni. Lucio perseguiva un riscatto dalla mediocrità. Volava alto. Ed era proprio questo che nostro padre non riusciva a capire, nonostante i mille tentativi che mi costringevo a fare per spiegarglielo.

Papà era un rigido uomo dell'Ottocento. Fino al '35 era stato farmacista. Al Vomero, il quartiere sulla collina di Napoli in cui abitavamo da generazioni, era considerato bravo. Si era ingobbito a furia di preparare composti, dosare lenitivi, confezionare analgesici. Papà era uno scrupoloso *speziale*, una specie di piccolo alchimista di quartiere circondato dal rispetto dei suoi clienti, la cui assiduità consentiva alla nostra famiglia una vita onorevole e agiata.

Finché un giorno, e non a torto, come sosteneva Lucio, il Duce aveva varato una nuova legge che imponeva ai farmacisti la laurea universitaria. Papà non era andato oltre la licenza media e così aveva perso la farmacia.

La sua ultima iniziativa degna di nota fu quella di investire tutti i risparmi in un medicinale di sua invenzione, l'"Antimalarico Amitrano", con tanto di zanzara fulminata sull'etichetta. Aveva cercato di venderlo nelle paludi dell'Agro pontino, ma il Duce aveva ormai avviato la Grande Bonifica e i cinquecentotrentacinque scatoloni di antimalarico avevano occupato per due anni il piccolo appartamento in cui ci eravamo nel frattempo dovuti trasferire, fino a quando erano finiti al macero.

La nostra famiglia scivolò in una condizione di povertà, mascherata sotto l'ipocrita etichetta di piccola borghesia, e papà fu costretto a ripiegare su un lavoro impiegatizio presso la Reale Mutua, con uno stipendio che bastava a stento a pagare l'affitto e le spese correnti.

Da allora era diventato sordamente e subdolamente antifascista e gli riusciva intollerabile che i suoi due figli maschi, ma soprattutto Lucio, idolatrassero proprio colui che, a suo modo di vedere, ci aveva sprofondato nella rovina. Chiuso nel suo rancore, trovava inconcepibile che non condividessimo il suo astio e non fossimo concentrati nell'unico scopo da perseguire: «Elevare la famiglia al livello cui era una volta», così si esprimeva. «Ciò potrebbe avvenire benissimo» proseguiva, «se in famiglia ognuno assumesse con buona volontà e modestia il posto che gli compete e se a guidare il timone fosse uno solo», vale a dire lui. Diventava furibondo quando Lucio, sempre chiuso nella sua stanza, si accecava fino alle due di notte «con quegli stupidi giornali che sono tutti uguali e non rendono che sciupìo di corrente elettrica».

Per nostro padre Lucio stava sprecando gli anni migliori: «A ventiquattro anni dovrebbe già essere a posto, e invece sembra sempre che deve cominciare daccapo. Troppo amante delle sue comodità, delle sue abitudini e delle sue opinioni. E in ogni cosa, anche quando ha chiaramente sbagliato, vuol sempre avere ragione lui». E puntualmente concludeva: «Pessimo carattere».

Mentre io cercavo di spiegargli che proprio il fascismo sarebbe stato il mezzo per imboccare la strada giusta, Lucio si limitava a chiudergli la porta in faccia, dicendogli: «Non ti penso proprio».

Lucio lo detestava, lo riteneva un vigliacco. Quella sua postura ingobbita da eterno freddoloso lo irritava. Ma papà era deciso a non arrendersi e ci aveva imposto una legge: conseguire la laurea, per garantirci quel futuro da professionisti che a lui era venuto a mancare con la perdita della farmacia. A Lucio, in ritardo con gli esami a causa dell'attività politica, impose perciò di contribuire al bilancio familiare, «almeno finché resti in questa casa», costringendolo ad accettare un impiego al reparto censura della Posta centrale.

Lucio non sopportava quel lavoro. E non sopportava il capoufficio, un ex maresciallo dei carabinieri che non derogava dalla rigida applicazione del regolamento interno. Lucio lo aveva soprannominato "*se-per-chi-sa*", per via di un curioso quanto sgrammaticato intercalare che esprimeva tutta la sua tremebonda e sospettosa concezione di un'esistenza spesa al servizio dello Stato. Lo usava soprattutto quando illustrava ai novellini le regole del provetto censore: «Picchiettare leggermente le lettere, tagliare le buste con circospezione, *se-per-chi-sa*. Leggere le lettere una per volta, per evitare di scambiare le buste al momento di richiuderle. Esaminare le fodere interne, *se-per-chi-sa* dentro ci sono messaggi nascosti. Fare attenzione alla stenografia, alla scrittura braille per i ciechi, *se-per-chi-sa* ai disegni a mano libera, ai manoscritti di musica, ai problemi di scacchi o altri giochi, alle lettere apparentemente insulse, alle parole o frasi sottolineate *se-per-chi-sa* dovessero nascondere qualche insidia».

Rispetto agli altri impiegati, Lucio svolgeva l'incarico nella metà del tempo. Non lo faceva per eccesso di zelo, ma per sbrigarsi, in modo da dedicare il resto della giornata alla sua unica passione, l'attività politica. Fregandosene dell'orario d'ufficio, quasi tutti i giorni se la squagliava con tre o quattro ore d'anticipo.

Sconcertato da tanta spudoratezza, il capoufficio, che era un amico di papà, lo convocò per un richiamo ufficiale. Ma Lucio, senza scomporsi, gli espose il proprio punto di vista: nessuno poteva rimproverarlo di inefficienza perché lui svolgeva fino in fondo il lavoro di sua spettanza. A chi importava se finiva prima degli altri? Perché obbligarlo a restare tre ore a guardarsi le unghie, visto che persino la lettura dei giornali era vietata? Il superiore, esterrefatto, gli sciorinò il ritornello che c'erano delle regole da rispettare e degli orari cui tutti i dipendenti, indistintamente, erano obbligati ad adeguarsi.

Lucio allora gli propose di stabilire un orario continuato, di modo che le ore sarebbero state le stesse e lui sarebbe potuto uscire in tempo per le altre attività. Il capoufficio, non credendo alle proprie orecchie, convocò gli altri impiegati e chiese loro, provocatoriamente, quale orario gradissero di più. Poi, senza attendere risposta, ordinò a Lucio di accettare le regole pena il licenziamento in tronco. Lucio scelse il licenziamento e spiegò all'ex maresciallo quanto diverse fossero le sue aspirazioni. Lui voleva fare il giornalista, come Benito Mussolini, Dino Grandi, Galeazzo Ciano, Alfredo Rocco, Italo Balbo, Giuseppe Bottai…

Preso tra il lavoro e l'attività politica, e per non dare soddisfazione a nostro padre, Lucio cominciò a trascurare anche l'università. Su imposizione di papà si era iscritto a Giurisprudenza, mentre lui avrebbe voluto studiare filosofia. Dava un esame ogni tanto, senza impegnarsi troppo. Una volta andai ad assistere al suo esame di Diritto romano. Confessò senza remore al professore di non aver potuto mandare a memoria date e nozioni, adducendo come giustificazione il lavoro alle Poste. Nonostante questo, riuscì a trasformare l'esame in uno scambio di opinioni sull'organizzazione dello stato nella Roma imperiale in rapporto all'Italia fascista. Tirò fuori dal cilindro delle tesi originali, ma le sue argomentazioni erano inevitabilmente incerte in fatto di date e articoli del codice.

«Una prova particolare, brillante, ma purtroppo carente nelle fondamenta». Così si espresse il professore, che si dichiarò costretto a mettergli un voto basso, pur profetizzandogli un «bell'avvenire». Uscendo dall'aula cercai di fargli capire che se si fosse impegnato di più gli avrebbero dato la lode. Ancora una volta Lucio mi spiazzò: «Mussolini non è laureato, Hitler non è laureato, Stalin non è laureato».

«Sì» risposi quella volta in tono scherzoso, «tu però non sei mica Mussolini».

Prima mi guardò storto, poi scoppiò a ridere e io appresso a lui. Uscimmo dall'università cantando a squarciagola *Giovinezza*.

Arrivò il 10 giugno 1940, giorno in cui il Duce dichiarò guerra alla Francia e all'Inghilterra. Giorno in cui tutte le nostre abitudini, il modo di pensare e persino di parlare cambiarono. I toni in casa si inasprirono. Mentre papà profetizzava sciagure e continuava a ripetere ossessivamente che l'aveva sempre detto come sarebbe finita, che quello era solo l'inizio della fine, Lucio diventava ogni giorno più aggressivo, a tratti persino arrogante come non era mai stato prima, e replicava che «indietro non si torna», che «questa è la volta buona».

Un pomeriggio, rientrando a casa, sorprendemmo nel sottoscala del palazzo Ciro, il garzone del fornaio, uno scugnizzo di quindici anni che conoscevamo da sempre, intento a scrivere una frase oltraggiosa contro il Duce. Io la presi a ridere, ma Lucio non volle sentire ragioni: afferrò Ciro per un orecchio e lo trascinò in commissariato, insistendo per sporgere denuncia. Fu una delle rare volte in cui litigammo. Solo quando minacciai di non rivolgergli più la parola si decise a lasciar perdere, accusandomi di non essere ancora un buon fascista.

Quando vennero introdotte le norme di oscuramento antiaereo Lucio organizzò un gruppo di studenti liceali e universitari e li convinse a iscriversi all'UNPA, l'Unione Nazionale Protezione Antiaerea. Naturalmente mi iscrissi anch'io, e come sempre accadeva con Lucio, gliene fui grato. Era come se la città fosse stata intrappolata in un incantesimo che l'aveva fatta diventare azzurra.

I lampioni, i tram illuminati da una fioca luce di servizio, le abat-jour dei caffè, i fari delle rare automobili: tutto era stato schermato, incartato, verniciato di azzurro. Le finestre delle case dovevano restare chiuse o, se aperte, rigorosamente buie. Noi ragazzi dell'UNPA camminavamo a testa in su, padroni di una città incantata. Il nostro compito consisteva nell'andare in giro di notte urlando di spegnere la luce alle finestre. Per me, come per la gran parte degli altri ragazzi, era soprattutto una buona scusa per andarmene in giro di notte fuori dal controllo dei miei genitori.

Ma Lucio aveva preso l'impegno con molta serietà. Quell'urlo di segnalazione, «La luce!», era l'esorcizzazione di tutte le notti in bianco passate a leggere i testi di mistica fascista, con in sottofondo i sordi brontolii di nostro padre puntualmente culminanti in un astioso richiamo: «La luce!». Più che un rimprovero, un invito – non potendogli dare ordini – a spegnere, a smetterla con quelle letture che gli avvelenavano l'anima.

Lucio aveva adottato anche un piccolo vezzo: sul bavero della giacca blu aveva appuntato una spilletta fosforescente a forma di aeroplano, che lo rendeva unico e distinguibile anche nei vicoli più bui. Quella spilletta fosforescente era il mio faro nel buio innaturale che ci circondava. E quelle furono le notti più belle passate accanto a mio fratello. Notti trascorse a contemplare le stelle, ancora più splendenti grazie all'oscuramento, a giocare con i tizzoni ardenti delle sigarette che sembravano lucciole, a domandarci cosa ci avrebbe riservato l'avvenire.

Ma l'UNPA era solo una delle molteplici attività in cui Lucio si era tuffato allo scoppio della guerra. Credo che non dormisse più di tre o quattro ore a notte. La maggior parte del tempo lo spendeva in una nuova iniziativa, cui per mesi si dedicò anima e corpo. Era riuscito a farsi finanziare dalla federazione del partito il primo numero di un quindicinale politico-culturale, di cui aveva scritto gran parte degli articoli, studiato l'impaginazione, seguito il lavoro tipografico. Lo aveva chiamato *Il Censore* e nelle sue intenzioni doveva svolgere una funzione di controllo e di denuncia nei confronti della corruzione spicciola che, dall'inizio della guerra, si stava diffondendo in modo strisciante tra i funzionari di partito.

Era sua intenzione far scoppiare una polemica all'interno della federazione locale, da Lucio considerata troppo lassista. Ancora una volta il suo entusiasmo venne frainteso e interpretato come uno sfoggio di zelante integralismo, quantomai scomodo e inopportuno. Quegli stessi funzionari che dovevano finanziare il giornale non avevano nessuna convenienza a scoprire certi altarini, e inoltre Lucio non godeva di adeguati appoggi per sostenere una campagna moralizzatrice. Senza raccomandazioni in alto loco era praticamente impossibile riuscire nell'impresa. *Il Censore* morì sul nascere e per Lucio la delusione fu tremenda. Altri giovani al suo posto sarebbero entrati nella logica della fuga o della ribellione silenziosa. Ma questo avrebbe significato disfattismo.

Per incassare il colpo, si convinse che l'ostracismo nei suoi confronti era soltanto un problema locale: «Al mio posto metteranno una buona pecora, affinché il giornale prosperi nella fanghiglia della federazione. Tanto si sa che a Napoli non si può fare niente! Non sanno però che è facile piegare la carta, ma non gli uomini!».

Aveva già archiviato la frustrazione. Gli occhi, quegli occhi così particolari, gli si illuminarono della luce che annunciava una nuova idea, un'altra impresa.

«Sbrigati» mi disse senza darmi il tempo di replicare, «se prendiamo il tram fra un quarto d'ora siamo al distretto militare». A bordo mi spiegò che per noi c'era un unico modo per fuggire da quell'ambiente provinciale e uggioso: arruolarci come volontari, diffondere nel mondo le nostre idee, la nostra civiltà. La guerra ci avrebbe consentito di vedere mondi sconosciuti e altrimenti irraggiungibili, sarebbe stata un'avventura che avremmo ricordato per il resto della vita, la prova della nostra virilità e del nostro coraggio. Finalmente avremmo servito la Causa non solo col pensiero, ma anche con l'azione!

Io lo stavo ad ascoltare, ammirato e attonito. Stava succedendo tutto troppo in fretta per me, abituato com'ero a ponderare le decisioni, a «cacare dubbi», come mi diceva sempre Lucio. Però la mia fiducia in lui era senza condizioni. Da piccolo mi aveva portato al mare (mio padre non lo faceva mai perché non sapeva nuotare) e mi aveva cambiato il costumino bagnato, al liceo mi aveva dato lezioni di latino e greco quando avevo rischiato la bocciatura, aveva preso le mie difese quando nostro padre voleva picchiarmi con la cinghia. Gli amici mi mettevano in squadra agli Agonali di calcio perché ero il fratello di Lucio Amitrano. Mi aveva spiegato cosa leggere e come scrivere. Come baciare le ragazze. Ogni suo insegnamento si era rivelato giusto.

Ora Lucio mi stava chiedendo di fare insieme la cosa più importante, di condividere una scelta coraggiosa dalla quale saremmo tornati più forti o non saremmo tornati affatto. Una decisione da uomini. Io avevo appena compiuto ventun anni, non ero ancora andato a letto con una donna, la domenica mattina mi piaceva indugiare per casa in pigiama e leggere di nascosto i libri di Salgari. Non mi sentivo pronto, ma se Lucio lo era, se Lucio diceva che era la cosa giusta da fare, non avevo ragione di dubitare.

Scendemmo dal tram e percorremmo a passo di marcia il tratto assolato che separava la fermata dal distretto militare. Lucio sembrava avere le ali ai piedi. Per tenergli dietro cominciai a sudare, non so se per il caldo o per l'emozione. Mi sfilai la giacca. Entrammo. Il posto non era particolarmente affollato. Lucio mostrò la tessera del partito e convinse l'ufficiale medico a staccarsi dal ventilatore e a sottoporci alla visita saltando la procedura. Ci divisero. Vidi entrare mio fratello in una stanza dove c'erano degli uomini in camicia nera.

L'ufficiale medico che ci aveva accolto mi precedette nella stanza di fronte. Mi disse di chiudere la porta e di spogliarmi completamente. Mi chiese se in famiglia c'erano malattie ereditarie, volle sapere quali e quante malattie esantematiche avessi avuto da bambino, mi ficcò un cucchiaio in gola, misurò la pressione, auscultò il battito cardiaco, mi fece dire «trentatré» mentre mi picchiettava la schiena, frugò le parti basse, mi ordinò di fare qualche piegamento, controllò il bulbo oculare e infine mi fece leggere le lettere più piccole di una tabella optometrica appesa a una parete. Mi disse di ringraziare i miei genitori per l'ottima salute e mi congedò dichiarandomi abile dal punto di vista clinico.

Uscii dalla stanza abbottonandomi i polsini della camicia: la porta della stanza di fronte, dove stavano visitando Lucio, era ancora chiusa. Aspettai. Aspettai a lungo, almeno mezz'ora. Il medico che mi aveva visitato si meravigliò che fossi ancora lì. Gli spiegai che stavo aspettando mio fratello.

«Tutti e due volontari?» mi chiese senza nascondere una certa incredulità. «E i vostri genitori sono d'accordo?». Non sapendo cosa rispondere alzai le spalle, simulando una sicurezza che non avevo.

Finalmente la porta dell'astanteria si aprì e ne uscì Lucio. Gli andai incontro chiedendogli come mai ci avessero messo tanto. Mi fissò senza rispondere, come se non mi avesse nemmeno visto. Notai qualcosa nel suo sguardo, senza capire subito cosa fosse. Era la luce. Quella luce così intensa, così brillante, si era spenta.

«Lucio, che è successo?».

Mi porse un foglio di carta. Lo guardai senza capire. Lessi. Era una diagnosi oculistica: dalla scrittura a zampa di gallina riuscii a decifrare solo una parola ancor più incomprensibile: cheratocono.

«Che significa? Non si capisce niente».

«Mi hanno scartato».

Lo vidi piangere, per la prima volta in vita mia: piangeva in silenzio, quasi con lentezza, ma senza fare nulla per nasconderlo.

Mi guardai intorno, imbarazzato per lui.

«Asciugati» lo supplicai. Le lacrime gli stavano offuscando ancora di più lo sguardo.

Gli offrii un fazzoletto e, cingendogli le spalle con un braccio, lo accompagnai all'uscita.

Dovetti farlo camminare per più di un'ora prima di riuscire a strappargli una spiegazione esauriente.

«Cheratocono. È una malattia della cornea che nel mio caso ha colpito entrambi gli occhi. La parte centrale della cornea si assottiglia e si curva verso l'esterno. La cornea perde la sua forma sferica, fino a diventare conica. La visione si confonde, sia da vicino che da lontano. L'occhio diventa più brillante, gli oggetti che si riflettono sulla cornea appaiono deformati. La vista continua a regredire irreversibilmente, fino alla cecità. Non c'è cura. L'unico palliativo è l'uso di vetrini di contatto rigidi, di fabbricazione Zeiss, introvabili in Italia e costosissimi».

Sembrava stesse parlando di un estraneo, come se uno di quei maghi da avanspettacolo che andavamo a vedere nelle matinée in cui marinavamo la scuola lo avesse ipnotizzato.

Il suo incarnato era talmente terreo che dovetti distogliere lo sguardo. Questa volta fui io a fare piani e strategie per risolvere il problema: avremmo consultato il miglior oculista della città, saremmo andati in Germania se necessario, avremmo lavorato entrambi fino a mettere insieme i soldi che servivano per comprare le lenti Zeiss, avremmo…

Lucio mi interruppe per dirmi che nulla sarebbe cambiato nei piani stabiliti: io mi sarei arruolato e avrei vissuto l'avventura anche per lui. Ci saremmo scritti regolarmente. Quanto a lui, sarebbe rientrato nei ranghi che spettano a un menomato, avrebbe proseguito nell'attività politica e intanto avrebbe risparmiato per comprare i vetrini. Da me avrebbe accettato solo un aiuto economico, qualora mi avessero arruolato come allievo ufficiale e lo stipendio me lo avesse consentito. Sarebbe rimasto a casa e avrebbe cercato di convivere con papà senza litigare troppo. Di più non poteva promettere. Ma io dovevo andarmene, abbandonarmi all'avventura, vivere la vita. Mi fece promettere solennemente che mi sarei fatto onore sotto le armi e che mi sarei distaccato col pensiero, oltre che fisicamente, da lui e da mamma e papà. Che sarei stato in tutto e per tutto Fulvio Amitrano, l'unico maschio degno della nostra famiglia. Quanto a lui, mi tranquillizzò, l'occasione non sarebbe mancata.

Dopo un anno di addestramento venni assegnato a un reparto motorizzato e destinato al fronte russo. La notte della partenza per il fronte mio padre pianse, fatto assolutamente nuovo per me, e si rifiutò di accompagnarmi. Per un anno intero mi aveva a malapena rivolto la parola, definendo la scelta di arruolarmi un «insano gesto» dettato da quell'esaltato del suo figlio maggiore che, come aveva predetto, si era accecato a furia di leggere la notte tutta quell'inutile propaganda.

Quando arrivammo al binario la tradotta era già piena di giovani come me che salutavano fidanzate, parenti, amici. Al momento di abbracciarci rividi quella luce nei suoi occhi, e non mi importò se fosse la sua malattia a renderli così o l'emozione di sapermi avviato al destino che avrebbe voluto per lui. Nel suo sguardo trovai l'incoraggiamento di cui avevo bisogno.

Promisi di mandargli appena possibile i soldi per i vetrini e cercai di sdrammatizzare dicendogli che anche nelle malattie era un tipo tutto *sui generis*.

«Salutami la steppa» rispose come a ricordarmi la promessa di vivere fino in fondo quell'avventura.

Sarebbero passati due anni prima che riuscissi a rivederlo. Due anni durante i quali seppi di lui molto poco, a parte il fatto che aveva resistito a Napoli più di quanto avessi potuto immaginare. Ma alla fine si era trasferito a Roma, dove "tutto sarebbe stato diverso", come mi aveva scritto nell'ultima lettera.

Capitolo secondo

Mentre il treno entrava nella stazione Termini mi ricordai di Gianni Santaspiga, un amico di Napoli che aveva frequentato Lucio nel periodo trascorso a Roma. Finita la guerra, Gianni era rimasto nella capitale a fare praticantato in uno studio legale dei Parioli. Stando a quanto mi aveva raccontato una volta che ci eravamo incontrati a Napoli, dove veniva spesso a trovare la madre vedova, Gianni aveva scelto di proseguire l'attività politica nel Movimento Sociale Italiano, il partito che Giorgio Almirante aveva fondato da un paio d'anni per "tenere viva la fiamma del tricolore".

Forse Santaspiga poteva aiutarmi a far luce su quei mesi di buio in cui Lucio non aveva dato nessuna notizia di sé.

Quando il treno rallentò fui preso da un'agitazione claustrofobica. Abbandonai lo scompartimento e, tenendo la valigia sollevata sopra teste e cappelli, mi feci largo con decisione nel caos di passeggeri che si accalcavano nel corridoio. Chiedendo in continuazione permesso riuscii a guadagnare l'uscita per primo. La decisione che avevo appena preso non poteva attendere un minuto di più.

Ma appena misi piede fuori dalla stazione tutta quell'urgenza si trasformò in una paralizzante insicurezza.

Non conoscevo bene Roma e mi resi conto di avere pochi soldi in tasca. Attraversai piazza Esedra in cerca di una pensione di terz'ordine. Ne scelsi una a caso in via Firenze, attirato da una moto parcheggiata davanti all'ingresso. Era una Guzzi 250 Airone, la stessa che avevo avuto in dotazione in Russia.

Pagai in anticipo per una notte e lasciai in custodia la valigia alla proprietaria della pensione, una donna del Sud grassa e sciatta che fu ben contenta di risparmiarsi la fatica di mostrarmi la stanza. Uscii in fretta dall'androne buio della pensione, che puzzava di minestra come la portineria di un condominio popolare, e affrontai titubante le strade intorno alla stazione.

Le uniche macchie di colore erano i manifesti elettorali che coprivano i muri dell'architettura umbertina: quelli blu, rossi e gialli del PCI, e quelli della DC, meno sgargianti ma sorprendentemente agguerriti nei contenuti. Ne notai uno che mostrava un carro armato sovietico in procinto di schiacciare una bambina. La scritta, a caratteri cubitali, recitava: SALVA I TUOI FIGLI.

Inoltrandomi lungo via Cavour ne vidi un altro, raffigurante l'effigie femminile dell'Italia che si difendeva con lo scudo crociato da una diabolica mano rossa in procinto di scagliarle contro una falce. Ma quello che mi colpì di più mentre tagliavo per piazza Santa Maria Maggiore fu l'immagine di un gladio con sopra inciso il motto: VOTO CRISTIANO. Per noi fascisti i cattolici erano sempre stati i "pretini", gli "imboscati", i "baciapile". Non li avrei mai creduti capaci di tanta aggressività. Audacia e mascolinità erano da sempre appannaggio della nostra cultura. Tutt'al più di quella dei comunisti. Mi sentivo disorientato, spiazzato da una propaganda che incitava alla violenza facendo leva sulla paura.

Da quando tutto era finito non avevo partecipato alla vita politica. Mancavano appena una ventina di giorni alle elezioni politiche del 18 aprile, ma la concitazione popolare che stava montando con veemenza mi aveva fino a quel momento lasciato indifferente. Al referendum del '46 avevo votato per la repubblica, una scelta ovvia quanto obbligata. L'idea di un ritorno dei Savoia mi era addirittura intollerabile: avevano sulla coscienza tutti i miei morti, a cominciare da mio fratello. A Napoli avevo assistito a un comizio non autorizzato di Almirante. Ma ero ancora troppo legato a un mondo che, guardandomi intorno, non esisteva più né sarebbe tornato.

Mi ero commosso nel vedere a teatro una nuova commedia di Eduardo De Filippo, *Napoli milionaria!*, che parlava di un reduce che nessuno aveva voglia di ascoltare. Mi sentivo anch'io come quel reduce. E per giunta la guerra l'avevo persa.

Una spessa nube di fumo nero mi avvolse mentre attraversavo la strada, facendomi tossire e lacrimare gli occhi: era un autobus di linea col motore a legna. Non credevo ce ne fossero ancora in circolazione.

Appena la nube si diradò vidi un assembramento di persone davanti a un camion scoperto. Un uomo arringava il capannello dei potenziali elettori. Mi avvicinai, asciugandomi gli occhi col fazzoletto. L'oratore era un prete con l'abito da gesuita. Un manifesto incollato alla paratia del camion lo pubblicizzava come padre Riccardo Lombardi, un gesuita che aveva messo la sua arte oratoria al servizio di Dio e della DC.

Introduceva ogni concetto con la frase «Gesù mi ha detto...», facendosi portatore di una verità che discendeva dall'alto per illuminare la segretezza dell'urna, dove Dio avrebbe visto e giudicato ogni singola scelta elettorale, cosa che nemmeno a Stalin sarebbe riuscita. Concluso il breve comizio, padre Lombardi tirò via un lenzuolo che nascondeva un altare improvvisato e dagli altoparlanti partirono le note dell'inno dell'Azione cattolica: «Siamo arditi della fede...».

In fondo non c'era molta differenza rispetto ai comizi cui avevo assistito da bambino. La propaganda cambia contenuti e a volte anche forma, ma sempre propaganda è. Questa era più caotica, forse più spontanea, ma si trattava comunque di convincere qualcuno con le buone o con le cattive ad affidarti il potere.

In quelle prime elezioni repubblicane avrebbe vinto la paura o la speranza. Personalmente avevo chiuso i conti con entrambe. Tutta quella gente mi dava l'idea di essere soltanto alla ricerca di qualcuno che ancora una volta indicasse loro cosa fare, come pensare e dove andare. Stalin diceva che il popolo è bove, Mussolini che la folla è femmina. Ora quel prete scomodava addirittura Gesù Cristo, indossando i panni di Pietro l'Eremita alle crociate. Lo avevano già fatto i tedeschi usando il motto "Gott mit uns". A quanto pareva, Dio è sempre con qualcuno, possibilmente con il più forte. Io avevo smesso di sentirlo dalla mia parte il giorno in cui mio padre mi aveva detto che Lucio era stato ammazzato come un cane.

Un quarto d'ora dopo spingevo un'inferriata arrugginita chiedendo di Gianni Santaspiga a due giovani di guardia alla sezione del Movimento Sociale di Colle Oppio, dalle parti del Colosseo. Non era stato facile trovarla in mezzo ai ruderi romani del parco delle terme di Traiano.

Uno dei due mi ingiunse di restare fuori dal cancelletto, l'altro entrò in una porta scavata nel tufo per informarsi.

«Fumi?» chiesi al ragazzo di guardia porgendogli un pacchetto di nazionali. Rispose scrollando la testa e continuò a fissarmi con sospetto. Non lo biasimai. Gli agguati alle sezioni dei partiti politici erano all'ordine del giorno. Mi accesi la sigaretta, sperando che Gianni fosse in sezione. Non avevo voglia di dare troppe spiegazioni a degli estranei. Fui fortunato. Preceduto dal ragazzo del servizio d'ordine, Gianni spuntò dalla porta d'ingresso.

Era un tipo a prima vista insignificante, di media statura, con un naso pronunciato, labbra scure e carnose messe in risalto da un paio di baffetti fuori moda.

Dopo due passi mi aveva già riconosciuto.

«Fulvio! Ti sei deciso, finalmente!».

Il giovane che mi aveva tenuto d'occhio si rilassò e mi aprì il cancelletto. Gianni spalancò le braccia per accogliermi in un abbraccio cameratesco, che ricambiai con sincerità. Ci conoscevamo dai tempi del liceo, anche se non eravamo mai stati amici in senso stretto.

«Vieni, entra che ti trovo subito qualcosa da fare».

La sezione non era altro che una grotta scavata nel tufo, con archi a volta. Probabilmente un tempo aveva ospitato una vasca delle terme volute dall'imperatore Traiano.

«Hai visto?» ironizzò Gianni. «Ci siamo sistemati nelle catacombe. Solo che *loro* non ci considerano martiri ma topi di fogna. Devono stare attenti, però, perché i ratti sono gli animali più resistenti del creato e si riproducono in fretta».

Mi guardai intorno: alle pareti di mattoncini romani erano affissi i manifesti elettorali del partito. Sul pavimento si andavano accumulando pile di volantini che cinque o sei militanti sfornavano a ritmo industriale da due ciclostili.

Gianni ne afferrò uno al volo e mi lesse una frase estrapolata da un comizio di Almirante a Napoli:

«"Il coraggio è armato di forza, non di violenza!"... Il capo c'ha due coglioni grossi così. Quanto ci scommetti che ci fa prendere il due-tre per cento alla Camera? Oh, significa da sei a dieci deputati. Eletti dai giovani! E sai che casino che ti combinano sei dei nostri? La prossima volta, se le cose girano bene, mi presento pure io! E tu mi dovrai votare, eh Fulvie'?».

Gianni faceva ricorso a un tono stentoreo della voce per compensare il suo aspetto anonimo. L'autorevolezza non gli apparteneva naturalmente, però trasudava un'energia e una combattività per le quali provai una punta di invidia.

Stiracchiai un sorriso mentre gli restituivo il volantino.

«E che fai? Me lo rendi? Questi vanno distribuiti entro stasera, fuori dai cinema, nelle piazze, al comizio dell'Uomo Qualunque. Gli dobbiamo rompere il cazzo! Lo devono sapere che non siamo morti!».

Notai che aveva rinunciato all'inflessione napoletana a favore di una leggera sfumatura romanesca. Non so perché, ma questo me lo fece sentire distante e anche un po' fasullo.

Gianni si fermò a scrutarmi con uno sguardo obliquo. Forse il mio mutismo lo metteva a disagio.

«Ma tu da dove arrivi? C'hai 'na faccia... Manco la barba ti sei fatto».

Istintivamente strusciai le dita sulle guance ruvide. In effetti non mi rasavo da un paio di giorni.

«Ho viaggiato. Sono stato a Milano per il certificato di morte di Lucio». Lo dissi con un tono di scuse, ma in realtà avevo voluto colpevolizzarlo ricordandogli che Lucio era suo amico ed era morto anche per lui.

Gianni si affrettò ad assumere un'aria di circostanza.

«Eh, Lucio. Lui sì che è un martire. A proposito, ho proposto alla federazione di Napoli di intitolargli la sezione del Vomero. Non sarà facile, ci sono altri nomi in lizza. Però mi sembrava doveroso».

"Doveroso": era un aggettivo molto usato nel nuovo gergo politico. Era doveroso gettarsi alle spalle il passato, doveroso impegnarsi nella ricostruzione della Patria, anzi del "Paese", come adesso bisognava – doverosamente – chiamare l'Italia repubblicana. Doveroso andare a votare, doveroso difendere la famiglia... Gianni l'aveva usato dopo meno di dieci minuti. Nella prossima legislatura avrebbe potuto davvero diventare onorevole.

«Allora, ti sei già iscritto al partito?».

Mi guardai intorno per controllare che nessuno stesse badando ai nostri discorsi: per fortuna il rumore alternato dei due ciclostili garantiva una certa discrezione. Decisi di non tergiversare.

«Senti, Gianni. In realtà non penso di fermarmi per più di due giorni. Avevo solo bisogno di farti alcune domande su Lucio, sul periodo che avete passato insieme qui a Roma».

Santaspiga fece una smorfia di delusione:

«Come no. Tu lo sai quanto gli volevo bene a Lucio. Il fatto però è che, lo vedi, è un momento particolare, qui si lavora ventiquattr'ore al giorno. Facciamo una rimpatriata dopo le elezioni, eh? Che dici?».

«Veramente avrei una certa urgenza. Tu fai tutto quello che devi. Io ti posso aspettare fino a tardi. Mi sono fermato apposta...».

Gianni annuì, come un condannato che accetta suo malgrado la pena.

«Dove ti sei sistemato?».

«Alla pensione Fiorella, in via Firenze».

Annuì ancora, sempre più avvilito.

«Aspettami lì. Ma ti avverto, si può fare pure mezzanotte».

«Ti aspetto» conclusi. E questa volta usai volutamente un tono minaccioso.

Quando rientrai a piedi alla pensione, l'Airone 250 non c'era più.

La proprietaria mi consegnò chiave e valigia. La pensione occupava in pratica due appartamenti e le stanze erano disposte lungo un corridoio dalle mattonelle sconnesse. La chiave girò a vuoto nella toppa. Aprii la porta con una leggera spallata. L'ambiente era al buio, nonostante fuori fosse ancora giorno. L'interruttore centrale non funzionava. Raggiunsi a tentoni la finestra e la aprii. Fui assalito da un forte odore di muschio e di orina proveniente da un cortile interno.

Mi tolsi la giacca e mi sdraiai su un copriletto damascato i cui disegni si erano nel tempo confusi con ogni tipo di macchia. Ero esausto. Dal cortile giungeva l'eco di un fiotto d'acqua che fuoriusciva da una conduttura.

Mi allentai il nodo della cravatta e chiusi gli occhi. Accompagnati dal rumore dell'acqua, i ricordi tornarono a scorrere.

*

"La guerra è bellissima".

Furono queste le prime parole, piene di gratitudine, che scrissi a Lucio dalla Russia.

Nei sei giorni che la tradotta aveva impiegato a raggiungere l'Ucraina avevo conosciuto la miseria dell'Europa orientale. Alla stazione di Przemyśl, da noi ribattezzata "Prezzemolo", avevamo lanciato dai finestrini sigarette, pane e gallette a donne e bambini affamati. Ci sentivamo portatori di una civiltà superiore. La profezia di mio fratello si stava avverando e con felicità e sollievo mi ero reso conto di quanto le sue parole di incoraggiamento fossero state veritiere. Non era propaganda. Noi italiani eravamo lì per civilizzare un mondo fermo al medioevo. I villaggi e le piccole città non erano altro che tristi distese di catapecchie.

Ogni volta che occupavamo un villaggio, venivamo attorniati da gruppi di contadini laceri e sporchi che ci tendevano la mano come mendicanti, biascicando frasi come *Boni italiani*, per poi accapigliarsi quando tiravamo loro qualche scatoletta. Non sapevano cosa fosse il dentifricio, e più di una volta avevo sorpreso qualche disgraziato ad annusarlo o a mangiarlo.

Nella prima *isba* in cui avevo preso alloggio avevo ordinato alla *matrioska* che mi ospitava di lavare il pavimento, disgustosamente lercio. La contadina si oppose con tutte le sue forze, ma io fui irremovibile. Cercai invano di spiegarle che la pulizia esteriore è lo specchio di quella interiore. Alla fine, tra urli e strepiti pronunciati in una lingua che aveva il suono di un grammofono che gira al contrario, ottenni lo scopo: la donna pulì il pavimento a secchiate d'acqua mentre io mi godevo un bagno caldo, rannicchiato in una tinozza di legno.

Ma il piacere della pulizia personale durò poco, rovinato da un atroce fetore di sterco di cui non riuscii a capire la provenienza, finché non realizzai che veniva proprio dal pavimento "pulito".

La *matrioska* se la rideva sotto i baffi quando finalmente riuscì a spiegarmi che quelle catapecchie erano fatte con fango e sterco. L'energica lavata cui l'avevo costretta non aveva fatto altro che inumidire vecchi… umori sopiti!

A Vorošilovgrad fui assegnato al VI Battaglione movimento stradale. Ricacciata in gola la delusione di essere stato escluso dalla prima linea, mi tuffai nel nuovo incarico con il massimo impegno.

Il mio lavoro consisteva nel riconoscere e contrassegnare gli itinerari delle truppe, controllare le strade, assicurare e dirigere il traffico delle diverse colonne, i cui movimenti mi venivano comunicati direttamente dall'Alto comando. Dopo le prime missioni mi resi conto che si trattava di un incarico di una certa responsabilità, che non ammetteva errori.

Spesso mi trovai a tu per tu con anziani generali che avrebbero potuto essermi padri. Non provavo alcuna stima per loro, che volentieri se ne restavano rincantucciati nelle retrovie a studiare vecchie carte topografiche e a sorseggiare vero caffè, lusso riservato a ben pochi privilegiati, nell'esercito e in patria. Ora capivo meglio l'insofferenza di mio fratello nei confronti di un'autorità vecchia e bolsa: quei generali sabaudi che interpretavano una guerra moderna, di movimento, con i vecchi schemi mentali di una guerra di posizione non erano degni del mio rispetto.

Sebbene fossi un semplice sottotenente, in più di una circostanza non avevo esitato a contraddirli, sicuro del fatto di essere l'unico ad aver studiato sul campo un certo itinerario, o la natura del terreno che i mezzi pesanti avrebbero dovuto percorrere. Via via che le missioni si moltiplicavano, mi guadagnai il rispetto dei miei uomini, assaporando l'orgoglio del comando.

Quando a bordo della mia Guzzi divoravo chilometri di steppa in fiore tra i girasoli maturi, fin quasi a impattare con le prime linee nemiche, mi sentivo come un eroe di quei romanzi di Salgari che da ragazzo avevo consumato a furia di leggerli e rileggerli. Ero un esploratore, un pioniere. La velocità era l'antidoto contro la paura di non riuscire a coprire distanze inimmaginabili per giungere a destinazione.

Avevo imparato a misurarmi con uno spazio infinito, che dava le vertigini. Sapevo che dove arrivavo io sarebbe arrivato il resto dell'esercito. Un pensiero esaltante, che mi toglieva il fiato. Non ero più un ragazzo e non c'era mio fratello a proteggermi e a indirizzarmi. Ero diventato uomo, e da me dipendevano le vite di altri uomini. Ero io che mi prendevo i rischi. Non c'erano filtri, non c'erano alibi.

In una babele di lingue, riuscivo a impormi su rumeni, ungheresi e persino sugli spocchiosi ufficiali tedeschi, perennemente convinti di essere i depositari di ogni verità.

Lungo le tappe di questa personale odissea avevo scoperto le donne. Un altro regalo della guerra, e dunque di mio fratello.

Al liceo la mia timidezza era proverbiale. Una volta ero riuscito a rimanere chiuso in una stanza dall'ora di pranzo al tramonto con una mia compagna, Silvana Martinelli. Ci eravamo guardati negli occhi per ore, senza trovare il coraggio di sfiorarci nemmeno con la punta delle dita. I miei compagni di classe mi avevano preso in giro per giorni.

Non avevo mai conosciuto tante donne come in Russia. Lì il contatto con le ragazze mi veniva spontaneo. Erano più libere e disinibite. Tutte quelle che mi avevano avvicinato non l'avevano fatto per fame o per paura, ma per simpatia e desiderio. Avevo persino preso l'abitudine di tenere un diario segreto con i nomi delle ragazze e delle località, che contrassegnavo con freccette e asterischi a seconda del grado di intimità: dallo sguardo al bacio, alle carezze più spinte.

Valentina a Kharkov, la meravigliosa Paolina a Kalinovo

(che occhi e che corpo), Šura a Vorošilovgrad, l'intelligente maestra di Strelkowka, e poi Valja, Uritka, Njuša... Ma soprattutto, Nadja.

Con Nadja era stato subito diverso.

Da qualche giorno ero di stanza a Millerovo. Seduto davanti alla porta dell'*isba* stavo aiutando il mio attendente a scrivere una lettera a casa. Dalla capanna di fronte una ragazza mi prese di mira con uno specchietto, colpendomi con un raggio di sole.

Non me ne accorsi subito. Infastidito, cambiai posizione un paio di volte finché non la vidi: era seduta sul davanzale della finestra e rideva in un modo così bello e provocante che, per la prima volta in vita mia, non sentii nessuna timidezza. Mi avvicinai e le dissi in russo che non aveva bisogno dello specchietto, bastavano i suoi occhi ad abbagliarmi.

Nadja era bella. Era diversa. Conosceva un po' di italiano e quando le mancava qualche parola scoppiava a ridere. Il padre, capotecnico meccanico, si era trasferito da Varsavia a Mosca, dove lei aveva studiato e si era sposata con un operaio poi accusato di sabotaggio e deportato in Siberia. Allo scoppio della guerra era stata arruolata come ufficiale medico. Durante la ritirata dei bolscevichi, aveva disertato e si era rifugiata in cerca di pace presso la cugina Valja.

Ogni volta che capitavo in missione da quelle parti mi fermavo da lei. Le piaceva ascoltare le canzoni napoletane, e mi ricambiava con dolci sospiri in slavo mentre mi svelava i segreti del suo corpo candido come la luna.

Prima di lei niente per me era più misterioso del corpo di una donna. Ma Nadja sapeva indirizzare la mia smania, la mia straripante voglia di lei, verso la condivisione del piacere. Solo una volta si rifiutò di fare l'amore, spiegandomi che avrebbe voluto ma non poteva, non era "a posto". Pensai che fosse malata e cominciai a riempirla di premure e a rimpinzarla con il cibo della mensa ufficiali, finché lei non scoppiò a ridere in quel suo modo così contagioso e mi disse *mesjačnye*, che in russo significa mestruazioni. Il problema è che non conoscevo nemmeno il significato della parola italiana. Quando, non senza imbarazzo, me lo feci spiegare dall'ufficiale medico, mi affrettai a riportarne la definizione nel mio diario segreto:

«Mestruazioni: fenomeno di sfogo sanguigno cui vanno soggette tutte le donne a periodi». Ancora oggi quella definizione mi fa sorridere.

Da quel momento volli sapere da Nadja tutto sulle donne e sul sesso, cose che nessuno in Italia si sarebbe mai sognato di spiegarmi. E così lei mi stupiva spiegandomi cos'è il "libero amore" e io la facevo sognare descrivendole Capri e il Vesuvio.

«E pensare» mi disse una volta ridendo, «che mi avevano detto che gli italiani tagliano le mani e il naso».

Da Nadja appresi anche il vero nome di Stalin: Iosif Visarionovič Džugašvili, che cercai invano di pronunciare correttamente.

Solo una volta mi rifiutai di crederle, quando mi spiegò che in Unione sovietica gli studenti universitari percepivano uno stipendio per mantenersi agli studi. Trovai che fosse un'inconcepibile sciocchezza, frutto della propaganda comunista. Il solo pensiero che Lucio e io avremmo potuto essere pagati per completare gli studi, senza impieghi alle Poste, mi faceva male. Non potevo sopportarlo. Nadja si offese, non capiva perché non le credessi. Per chiudere l'argomento le dissi che, anche ammesso che in Russia si studiasse gratis, sicuramente si studiava male.

Una volta, mentre eravamo a letto insieme, le recitai dei versi di Ovidio: «*Dum licet et loris passim potes ire solutis / Elige cui dicas "tu mihi sola places"... Haec habet quidquid in orbe fuit*», che tradotti suonavano più o meno così: «Finché ti sarà lecito e dovunque potrai libero andare a briglie sciolte, scegli la donna cui tu possa dire: "A me piaci tu sola!"... Ciò ch'è bello al mondo è tutto qui».

Erano gli unici versi di Ovidio che ricordassi, glieli avevo recitati con l'intenzione di farla ridere. Lei invece si commosse, e sussurrandomi cento volte *lapačka, lapačka* mi baciò ogni angolo del viso, bagnandomi con le sue lacrime.

Non la rividi mai più.

In pochi giorni un terribile vento di nordest portò con sé l'inverno, e la nostra offensiva si arenò. La temperatura precipitò di colpo a diciannove gradi sottozero.

L'attività del mio reparto si ridusse a quella di polizia stradale. Dirigevamo il traffico in brevi turni alternati, per evitare l'assideramento.

Per tre o quattro settimane mi fu impossibile andare a trovare Nadja. Quando finalmente ci riuscii lei non c'era più. Mi dissero che era stata arrestata per sospetto spionaggio. Probabilmente l'avevano già fucilata. Non piansi. Se era veramente una spia aveva ingannato anche me.

Per questo non capii il senso del predicozzo che dovetti subire dal mio colonnello a proposito di certe ragazze russe che accalappiavano noi italiani sperando che, in caso di controffensiva bolscevica, le avremmo portate via con noi. Non capivo cosa c'entrasse con l'accusa di spionaggio: se Nadja era una spia comunista perché avrebbe dovuto temere il ritorno dei suoi compagni? Perché sarebbe voluta scappare con me?

Comunque fosse, le cose che avevo imparato da lei avevano cambiato il mio modo di guardarmi intorno. Capii meglio l'apatia dei contadini russi circa l'esito della guerra. Per loro era solo questione di quale lingua avrebbero parlato i nuovi padroni. Ma sempre un padrone avrebbero avuto. Era stato così per secoli e secoli.

Una volta impedii a un ufficiale tedesco di prendere a bastonate un soldato rumeno solo perché, stufo della pappetta che gli davano come rancio da mesi e mesi, aveva cercato di rubare del formaggio nelle cucine tedesche. I rumeni erano disprezzati da tutti, da noi italiani che li consideravamo come dei cugini poveri, ladri e scrocconi; dai tedeschi che li trattavano peggio dei loro cani lupo; e dagli stessi contadini russi, che li chiamavano *cyganki*, straccioni.

Avevano ragione, certo. Restava però il fatto che quegli *cyganki* combattevano da due anni al nostro fianco, senza equipaggiamento, senza armi e senza cibo. Questo non faceva di loro degli eroi, ma spiegava perché si fossero ridotti come bestie. Inoltre, non è che i nostri alpini stessero molto meglio.

Questi pensieri, però, li tenevo per me.

Lo stallo nel conflitto cominciò a essere estenuante. L'ansia si alternava alla noia.

Dopo aver organizzato il passaggio notturno di infinite colonne dagli occhi di fuoco cariche di munizioni dirette al fronte, dove la Divisione Sforzesca era entrata in crisi, il mio reparto rimase a terra, in attesa di ordini.

In seguito alla ramanzina sulla mia relazione con Nadja il colonnello mi aveva interdetto da ogni contatto con gli "indigeni" che non fosse strettamente inerente a questioni di servizio. La moto aveva da tempo finito la sua corsa in una stalla e io fui costretto a parcheggiarmi sempre più spesso alla mensa ufficiali.

Trovavo insulsi i discorsi di tanti miei colleghi e volgari i loro doppi sensi in stile militaresco tipo: «L'unica cosa buona della Russia è la donna!» che tanto li facevano sbellicare.

Quanto alle cene con i tedeschi, niente al mondo era più mortalmente noioso dello stare al tavolo con quattro o cinque di questi ufficiali ossessivamente cerimoniosi: per ogni sorso di vino, due inchini e due sorrisi, da moltiplicare per i vari sorsi dei diversi commensali. Era nel loro carattere diventare pesanti in ogni cosa e far sì che ogni cosa con loro diventasse pesante.

A questi impettiti prussiani si aggiunse un capitano bavarese, scontroso come un cane da guardia alla catena. Era piccolo e nevrotico e la lingua gli si scioglieva solo quando era pieno di vodka. Noi italiani l'avevamo soprannominato Chiang Kai-shek, come il Signore della guerra cinese, per via delle sue teorie.

Non partecipava mai alla conversazione ma, in un momento da lui prestabilito, che in genere coincideva con il decimo bicchierino, interrompeva chiunque stesse parlando e, fissando il fuoco nella stufa, iniziava un lungo monologo senza mai guardare nessuno. I suoi colleghi tedeschi in genere lo ignoravano, ma noi italiani restavamo ammutoliti e a bocca aperta per la soggezione, lo sconcerto, e soprattutto per la paura che tutto ciò che diceva potesse essere vero.

Illuminato dalle fiamme di un suo personale inferno, sosteneva senza batter ciglio che la guerra non sarebbe mai finita. Solo per completare la conquista dell'Unione sovietica non sarebbero bastati altri cinque anni. Anche se ci fossimo attestati su tutto il Volga la Russia non finiva lì. Anche se fossero cadute le grandi città, Mosca compresa, non avremmo avuto la possibilità di imbottigliare tutte le forze russe, che avevano grandiosi mezzi di sussistenza e rifornimenti bellici al di là del Volga, ad esempio negli Urali. Di conseguenza sarebbe rimasto sempre un fronte aperto. Inoltre i russi erano degli abilissimi distruttori, e specialmente per quanto riguardava il carburante sarebbero occorsi molti anni prima di riuscire a organizzare e sfruttare le risorse delle zone occupate di quell'enorme territorio. Lui, che aveva quarant'anni, contava ormai di rimanerci per sempre, in Russia.

Io e gli altri ufficiali italiani fissavamo in silenzio quel piccolo pazzo guerriero che, sorseggiando vodka, delirava su una guerra non solo totale, ma perpetua. Per lui era assolutamente normale passare il resto della vita combattendo.

Mi sarebbe piaciuto sapere che cosa ne avrebbe pensato Lucio. Per conto mio, da qualche tempo stentavo a prendere sonno perché le ore notturne erano scandite dal lento ma costante bombardamento che annunciava la controffensiva russa.

Il rumore gracchiante di un cicalino mi strappò dal dormiveglia. Era l'interfono della pensione, a quanto pareva l'unica cosa che funzionasse.

Sollevai la cornetta di bachelite per mettere fine a quella tortura.

Una voce distorta mi annunciò:

«C'è un signore, qui, che desidera vederla».

Era la proprietaria. E io ero sul letto della pensione Fiorella. E la persona che voleva vedermi era sicuramente Gianni Santaspiga. Guardai l'ora. Le dieci e mezza di sera. Dovevo essermi addormentato.

Quando sbucai fuori dal massiccio portone di legno della pensione trovai ad attendermi una Fiat 1100 bicolore.

Gianni stava in piedi, un braccio appoggiato al tetto della macchina, dalla parte del guidatore, con lo sportello aperto. Con lui c'erano due giovani: uno indossava una tuta blu da lavoro, l'altro era in gilet e maniche della camicia arrotolate fino al gomito. A una parola di Santaspiga quello in tuta mi cedette il posto sul sedile anteriore.

Ancora impastato di sonno e di ricordi, raggiunsi la 1100 deciso a ribadire che il nostro doveva essere un incontro privato, a quattr'occhi.

Ma Gianni mi anticipò: «Ho pensato di passare prima. Facciamo attacchinaggio e poi parliamo. Se ci dài una mano ci sbrighiamo più in fretta».

Sul sedile posteriore c'erano dei manifesti arrotolati.

«Hai mangiato?» mi chiese Santaspiga.

«No».

«Neanch'io. Dai, muoviamoci».

La 1100 fece inversione imboccando un senso vietato e si diresse verso il quartiere di San Lorenzo, che scoprii non essere lontano dalla stazione Termini.

Erano quasi le undici ma le strade si erano svuotate. In quei primi anni dopo la fine della guerra nelle città non esisteva vita notturna. La maggior parte della gente era povera, al massimo si concedeva un cinema di terza visione la domenica. Inoltre il clima pre-elettorale era molto teso e suggeriva al grosso della popolazione di starsene rintanata in casa ad ascoltare la radio. C'era ancora una diffusa sindrome da coprifuoco.

Padroni della strada, passammo sotto gli archi di un acquedotto romano. Pochi metri dopo Gianni accostò e spense il motore.

«Diamoci una mossa, camerati!».

Scendemmo dalla macchina. Gianni lanciò le chiavi al ragazzo in tuta che aprì il portabagagli e iniziò a distribuire secchi, colla e pennelli. A me toccò uno spazzolone lungo come una scopa.

Mentre se ne stava appoggiato alla fiancata della macchina Gianni mi guardò con un sorrisetto canzonatorio:

«Sai come si fa?».

Non risposi per non ammettere che non ne avevo la più pallida idea e nemmeno me ne fregava granché.

«Diluisci la colla nell'acqua. Passi il pennello sul muro. Poi stendi il manifesto, partendo dal basso verso l'alto e ci ripassi sopra la colla. Là c'è una fontanella…».

Afferrai il secchio di metallo e mi avviai alla fontanella.

Gianni mi urlò: «Meglio se ti togli la giacca».

Me la sfilai, appoggiandola alla fontanella.

Intanto gli altri due attacchini si erano allontanati in direzioni opposte. Uno aveva già iniziato a lavorare sul marciapiede di fronte, l'altro era sparito dietro un angolo.

Girai la colla nel secchio per farla sciogliere e quando la sentii pronta mi accostai alla facciata di un palazzo che mi sembrava sufficientemente liscia.

Mentre spargevo la colla mi girai a chiedere a Gianni:

«Ma ce l'abbiamo l'autorizzazione?».

«Fottitene! Siamo un partito piccolo, non ce la possiamo permettere l'autorizzazione. E se vedi un manifesto del PCI, coprilo!».

Nel giro di un paio d'ore avevamo tappezzato quattro o cinque strade con la fiamma tricolore e l'invito perentorio a votare MSI. Stanco e furioso con Santaspiga, mi stavo chiedendo se quei manifesti sarebbero bastati a convincere qualcuno che non fosse già un nostalgico del fascismo. Quella di Gianni mi sembrava una causa persa in partenza.

Decisi di affiggere l'ultimo manifesto coprendone uno del PCI. Poggiandovi sopra la mano, mi accorsi che era ancora fresco di colla. Questo significava che era stato affisso da poco.

Mi girai per avvertire gli altri quando sentii uno scalpiccio di passi in corsa provenire da un punto del marciapiede scarsamente illuminato. Il primo a emergere dal buio fu il ragazzo della tuta blu, che lasciò cadere un pacco di manifesti per correre più spedito.

Mentre mi passava davanti mi urlò: «I rossi!».

Un attimo dopo li vidi arrivare: erano tanti, forse una decina. Il primo impugnava una spranga e, continuando a correre, l'agitò verso di me. Parai il colpo con un braccio e urlai di dolore. Poi arrivò il colpo al fianco che mi spezzò il fiato. Feci roteare il secchio per cercare di tenerlo a distanza, ma quello mi ignorò e riprese a correre nella direzione in cui era scappato il ragazzo con la tuta. Credo che mi avesse lasciato alle "cure" del resto del gruppo, che doveva semplicemente attraversare la strada per saltarmi addosso e finire il lavoro.

Gettai il secchio nella loro direzione e mi misi a correre. Era da tanto che non lo facevo, ma avevo solo ventotto anni e un fisico robusto. Imprecando, ignorai il dolore al braccio e forzai ancora di più la corsa, cercando di tenermi per quanto possibile nella zona d'ombra creata dagli alberi.

Un fischio prolungato mi segnalò che ne stavano arrivando altri proprio dalla direzione verso cui stavo correndo. Rallentai, in cerca di un'altra via di fuga.

«Gianniiii!» urlai in preda al panico.

Da una stradina laterale, che non avevo neppure notato, vidi lampeggiare i fari di una macchina. Mi precipitai in quella direzione, sperando che non fosse una trappola.

«Fulvio!» sentii chiamare. Era lui. Atterrai di pancia sul cofano della macchina. Gianni mi aprì lo sportello e io saltai dentro. Il gruppo degli inseguitori ci aveva visto e stava avanzando verso di noi.

«Qua faccio una strage!» disse Gianni a denti stretti mentre dava di gas e accendeva gli abbaglianti, la marcia già ingranata. I miei inseguitori restarono paralizzati come animali selvatici sorpresi sul ciglio di una strada. Qualcuno si coprì gli occhi con il braccio. Da predatori a cacciati, i ruoli si erano capovolti.

«Gianni, non fare cazzate».

La voce veniva dal sedile posteriore, su cui era seduto il ragazzo col gilet.

Gianni mi guardò.

«Ha ragione» confermai.

«Rossi bastardi!» imprecò Gianni mentre ingranava la retromarcia e lanciava la 1100 come un proiettile. Una sterzata violenta mi fece sbattere contro lo sportello. Lasciando a terra metà dei copertoni ci allontanammo verso la stazione.

«E Giancarlo?» chiese Gianni riferendosi al ragazzo della tuta.

«Si è infilato in un portone mezzo aperto. Credo che ce l'abbia fatta».

Santaspiga annuì, asciugandosi il sudore sulla fronte con il dorso della mano.

Sollevai la manica della camicia per controllarmi l'avambraccio, che stava cominciando a pulsare per il colpo subìto.

«Puttana Eva» esclamai, «la giacca!».

Gianni capì al volo: «Dove l'hai lasciata?».

«Sulla fontanella».

«Te ne farai un'altra».

«Ho tutto lì dentro. Soldi, documenti, il certificato di morte di Lucio...».

«Cazzo!» disse Gianni svoltando a destra per tornare indietro.

«Apri il cassettino» mi ordinò indicando con il mento il cruscotto.

Infilai la mano nel cruscotto e toccai una pistola.

«Dammela».

Gliela porsi. Erano tre anni ormai che non maneggiavo un'arma. Provai un brivido di ribrezzo.

«Non servirà» dissi.

«Vedremo» mi rispose Gianni spegnendo i fari.

Ci fermammo a una decina di metri dalla fontanella. La strada sembrava deserta.

Aprii lo sportello per scendere. Gianni mi bloccò con una mano e mi porse la pistola. Lo ignorai.

Mentre mi avvicinavo il suono dei miei passi si fuse con quello dell'acqua che scorreva dalla fontanella.

C'era qualcuno. Un uomo. In mano aveva la mia giacca. A dispetto della bella stagione indossava un cappotto militare. I capelli erano lerci, il viso coperto da una folta barba da asceta. Si era tolto gli scarponcini ormai logori, forse per lavarsi i piedi. A giudicare dal cappotto e dalle scarpe, poteva essere un reduce che si era perduto.

"Come me" pensai.

Stava frugando nel mio portafogli.

Mi avvicinai lentamente, per non spaventarlo. Allargai le braccia in segno di pace.

«È mia» dissi alludendo alla giacca.

Sperai che mi capisse, che fosse ancora in grado di capire.

Mi fissò con lo sguardo ostile di un cane randagio: voleva essere feroce, ma era solo triste.

Gli restituii lo sguardo, cercando di non apparire cattivo ma solo deciso.

Mi annusò, nel senso letterale della parola. Aveva già rinunciato al rituale dell'ostilità per ripiegare sulla buffoneria da strada, che chissà quante volte lo aveva salvato in situazioni analoghe.

Mi tese la giacca per restituirmela, ma come allungai la mano per prenderla la ritrasse con una finta e mi guardò con una risata silenziosa. Poi appoggiò la giacca sulla fontanella, rifiutando implicitamente ogni contatto con me.

«Il portafogli» dissi mantenendo un tono neutro.

Se lo fece saltellare nel palmo della mano e lo depositò sopra la giacca con una giravolta.

Poi, come se non esistessi già più, si bagnò un piede sotto il getto d'acqua della fontanella.

Recuperai le mie cose con gesti misurati. Controllai che nel portafogli ci fosse tutto. Sfilai una banconota e la appoggiai sulla fontanella, come aveva fatto lui.

Infilandomi la giacca tornai verso la macchina.

Dopo aver accompagnato a casa il camerata col gilet, cui non mi premurai di chiedere nemmeno il nome, trovammo un'osteria aperta dalle parti di piazza Barberini.

Gianni cercò ancora di svicolare. Aveva solo voglia di divorare i suoi bucatini e di smaltire la paura con un buon mezzo litro di Frascati. Ma, dietro le mie insistenze e con la promessa che avrei offerto io la cena, si decise a raccontarmi tutto quello che sapeva su mio fratello.

«Lucio se n'era venuto a Roma alla fine di settembre del '43. Si era deciso dopo che, con l'armistizio, Napoli era stata tagliata fuori dai giochi. Aveva un problema agli occhi, gli lacrimavano in continuazione, sentiva fitte, pruriti che a volte gli toglievano il sonno. Per leggere faceva certe strane mosse, strizzava gli occhi, se li tirava di lato tipo i cinesi. Sennò le righe gli si accavallavano, poveretto. Però leggeva, quanto leggeva. Libri, giornali, riviste. Era forte tuo fratello, altroché. Nel giro di poco i pezzi grossi della federazione romana già lo avevano notato. Teneva un corso di Mistica Fascista nella sede di piazza Colonna e aveva messo in piedi una rete di delatori all'interno dell'università per stanare gli studenti che fiancheggiavano i partigiani dei GAP.

«Tu non puoi nemmeno immaginare che cos'era Roma dopo l'8 settembre. Come niente ti poteva capitare di veder uscire di corsa da un'ambulanza della Croce rossa investita da un taxi sei tipi che se la svignavano tra la folla prima che arrivasse la polizia. Io stesso, una volta, mi sono accorto di due frati che parlavano fitto fitto su un ponte di Trastevere. La cosa che mi aveva insospettito era che uno dei due stava rigido sull'attenti. E infatti... erano un capitano e un caporale badogliani, dell'esercito clandestino del colonnello Montezemolo, quello che poi finì fucilato alle Fosse Ardeatine. La città pullulava di spie e di attentatori comunisti. La polizia intercettava le telefonate più assurde, come quella di un partigiano che, parlando in codice, aveva detto di possedere diciannove paia di scarpe. La polizia lo aveva fermato, perché, allora come oggi, ma chi se le può permettere diciannove paia di scarpe? E infatti... scarpe un par de' cojoni. Trattavasi di fucili...

«Comunque, nel giro di due o tre mesi Lucio aveva fondato Onore e Combattimento, scriveva e impaginava da solo un giornale, *Fronte Unico* mi pare si chiamasse, e coordinava i Fasci giovanili universitari che gli servivano da paravento per la sua attività di spionaggio e delazione. Una volta l'ho visto arrampicarsi in cima al Colosseo per strappare una bandiera rossa. C'era un'intera colonna tedesca a guardare. Sai, di giorno il maresciallo Kesselring faceva sostare i suoi dentro le mura, per sfruttare il vantaggio di Roma città aperta. Poi di notte filavano giù a Cassino, così gli americani se la prendevano in saccoccia. Insomma, quando ridiscese con la bandiera rossa piegata sotto al braccio Lucio si beccò l'applauso della Wehrmacht. E meno male che gli facevano male gli occhi! Scusa... lo dicevo in senso buono.

«Proprio quando le cose sembravano ingranare ci furono dei contrasti interni a Onore e Combattimento, tra quelli che volevano stare con i tedeschi e quelli che rivendicavano più autonomia. Lucio si dimise. Ma non mi sembrò particolarmente dispiaciuto».

«Quando l'hai visto per l'ultima volta?».

Santaspiga si versò da bere. Faceva di tutto per farmi capire che non ne poteva più. Mi venne da pensare che quel periodo gli ricordasse qualcosa di cui si vergognava, ma mi guardai bene dal chiederglielo. Di lui, ora che ci avevo avuto a che fare, non me ne fregava niente. Volevo però tutte le informazioni possibili su Lucio.

Dopo aver scolato d'un fiato il secondo bicchiere di bianco, mi disse che l'ultima volta che l'aveva visto era stato pochi giorni prima che gli americani entrassero a Roma.

«Indossava il suo solito completo blu e se ne stava seduto su un autocarro, con un mitra in mano. Nessuno su quel camion era in divisa. Trasportavano addirittura della mobilia, schedari, poltrone... Immaginai che fossero diretti al Nord».

«Erano del Reparto speciale di Koch?».

«Questo proprio non lo so. Erano giorni confusi, tutti cercavano di barcamenarsi in qualche maniera. Comunque stai sicuro che nessuno del giro nostro te lo direbbe. La banda Koch è tabù. Lui è stato fucilato, e pure i suoi uomini più in vista. Gli altri stanno in galera o so' latitanti».

Feci una smorfia di delusione.

Santaspiga sbadigliò. Poi volle chiudere con una battuta:

«Gli unici che potrebbero dirti qualcosa di più sono gli ex gappisti che avevano i loro informatori anche dentro la questura di Roma. Ma ce lo vedi un comunista che si mette a parlare con un repubblichino? Dammi retta, è meglio che lasci perdere. I morti sono morti. E poi Lucio era un tipo strano: io gli volevo bene, che te lo dico a fare. Ma strano era strano. Lo sai che quando ci ritrovammo la prima volta a Roma mi disse che tuo padre e tua madre erano morti sotto i bombardamenti? Quando poi, un paio d'anni fa, ho visto tuo padre con la borsa della spesa in mano, un altro po' mi veniva una sincope!».

Gianni allungò una mano per stringermi un braccio, cameratescamente: «La vita va avanti, e anche la storia».

Annuii senza convinzione.

«Iscriviti al Movimento Sociale. Uno come te nel giro di tre o quattro anni lo fanno deputato. Mica come a me, che non conto un cazzo».

Misi mano al portafogli per pagare la cena.

«Vaffanculo Fulvio, prima scherzavo. Ma ti pare che tu vieni a Roma, stai in quella pensione di merda e io ti faccio pure pagare il conto?».

Mi strappò di mano il foglietto quadrettato su cui l'oste aveva scarabocchiato una cifra quasi illeggibile e mise una banconota e qualche spicciolo sul tavolo.

Decisi di sparare l'ultimo colpo:

«Tu conosci qualche gappista?».

Mi guardò incredulo, ma si rese subito conto che facevo sul serio.

«Vuoi davvero andare a parlarci?».

«Perché no? Come ti ho detto, non mi occupo di politica e poi qui a Roma nessuno mi conosce».

«C'è una vena di pazzia negli Amitrano... Ma che, tuo nonno c'ha avuto la sifilide?».

Più beveva e più accentuava l'inflessione romanesca. Forse lo faceva perché, sotto sotto, era a disagio.

«Con chi posso parlare?» gli chiesi fissandolo dritto negli occhi.

«Ci sarebbe Franco Calamandrei. Era il vicecomandante dei GAP romani».

«E come lo trovo?».

«Domani c'è un comizio del PCI, al teatro Adriano».

La sera successiva Santaspiga venne a prendermi con una Topolino. Evidentemente era autorizzato a usare le macchine del partito e non voleva farsi vedere in giro con la 1100 della notte prima. Mi aveva confermato che Calamandrei avrebbe partecipato al comizio che doveva tenersi al teatro Adriano, nel quartiere Prati. La riunione era prevista per le diciotto e presumibilmente sarebbe durata un paio d'ore. Erano le sette e mezza. Avevamo parcheggiato davanti a una chiesa valdese che sembrava fatta di marzapane, da cui potevamo controllare il via vai senza dare troppo nell'occhio. Gianni era molto nervoso, si guardava continuamente intorno e sudava nel completo di lana, troppo caldo per la serata primaverile.

«Ma sei sicuro de fa' 'sta cazzata?» mi chiese dopo un buon quarto d'ora in cui non ci eravamo scambiati una parola.

«Te l'ho detto. Non sono coinvolto in faccende politiche e qui a Roma non mi conosce nessuno».

«Ma a me sì!».

«Se vuoi, puoi andare. Basta che mi dici come lo riconosco».

«È alto, magro, capelli castano chiaro, quasi rossicci. Un tipo fuori dal comune».

Annuii, scrutando con attenzione l'ingresso del teatro.

«Guarda che quello è uno tosto» aggiunse in tono lamentoso. «Ha comandato i gappisti che misero la bomba a via Rasella. Nome di battaglia, Cola. L'unico che riuscì a scappare dalla pensione Jaccarino».

«Cos'era la pensione Jaccarino?».

«L'ultima sede del Reparto Koch qui a Roma».

Gianni entrò in allarme nel vedere due tipi robusti, gente del servizio d'ordine, che avevano cominciato a tenerci d'occhio.

«Io però non ci posso stare qua. Se qualcuno mi riconosce, mi abboffano di mazzate».

Fui sorpreso nel cogliere quella sfumatura di napoletano. Probabilmente la paura lo faceva tornare alle origini.

«Va bene» acconsentii, «me lo trovo da solo».

Aprii lo sportello dell'utilitaria. Lui mi trattenne per il braccio contuso, premendomi involontariamente la mano sul livido.

«Fulvio».

Avevo già un piede fuori.

«C'è una cosa che non ti ho detto a proposito di Lucio».

Lo fissai: aveva l'espressione contrita del peccatore nel confessionale.

«Cosa?» gli chiesi. E questa volta la mia voce suonò inquisitoria.

Gianni sospirò.

«Il marzo del '44 fu il mese peggiore. Prima o poi gli americani avrebbero sfondato. Fuori e dentro Roma, gli attentati dei partigiani si moltiplicavano. La Gestapo faceva continuamente arresti e il questore Caruso non era da meno. Si sparava per strada. I GAP avevano freddato i nostri in una decina di agguati. Tutti ragazzi che non avevano fatto niente di particolare. Anche Lucio era finito nel mirino dei partigiani, per via dell'attività spionistica all'università. I gappisti qua a Roma erano quasi tutti studenti. Una sera stavamo tornando insieme da una riunione di Onore e Combattimento, camminavamo lungo via Tomacelli. C'era un tizio ad aspettarci. Io me ne accorsi per primo. Da come teneva la mano in tasca si capiva che era armato. Lo ero anch'io, ma sapevo che Lucio non portava mai la pistola. Quindi toccava a me proteggerlo. Il tizio si era appostato al buio. Eravamo in svantaggio. Dissi a Lucio che era meglio telare. Ma lui mi ignorò e continuò a tirare dritto. Era un suicidio e io non volevo crepare come un fesso a vent'anni. Me la feci sotto. Scappai, lasciandolo da solo».

Dunque era per questo che Gianni si comportava in modo così esagerato e plateale.

Lo guardai cercando di non giudicarlo: in fin dei conti Lucio non era morto per colpa sua.

Santaspiga indicò con il mento verso il teatro, felice di uscire da quel momento di imbarazzo e di liberarsi di me: la gente cominciava a uscire.

Puntai lo sguardo nello sforzo di riconoscere il mio uomo.

«Eccolo!» esclamò. «È quello con la borsa di cuoio. Lo vedi?».

Sì, l'avevo visto: un trentenne alto e magro al centro di un capannello di persone che discutevano animatamente.

Salutai Gianni e mi avviai verso il teatro. La Topolino si allontanò lentamente alle mie spalle.

Aspettai che la folla si diradasse, senza mai perdere di vista il mio obiettivo. Dopo una decina di minuti i vari capannelli si sciolsero e Calamandrei si allontanò in compagnia di due suoi compagni. Seguirli non sarebbe stata una buona idea, i due avevano l'aria dei guardaspalle. Ma forse era l'agitazione che mi faceva vedere pericoli dove non ce n'erano.

Mi decisi per un approccio diretto che non desse adito a fraintendimenti.

«Calamandrei!» chiamai. Non mi udirono, erano ancora lontani e parlottavano tra loro.

Il passaggio di un tram coprì il secondo richiamo.

Al terzo tentativo urlai più di quanto avessi voluto: «Cola!».

Calamandrei si voltò, subito imitato dagli altri due.

Mi avvicinai con passo lento, ma senza tentennamenti.

I due si irrigidirono e si piazzarono ai lati di Calamandrei, che mi squadrò tranquillo ma sospettoso.

Ora dovevo giocarmela bene, per non rovinare tutto.

Evitai giri di parole.

«Mi chiamo Fulvio Amitrano».

Il mio nome non gli disse niente. Rimase in attesa.

«Credo che lei abbia conosciuto mio fratello, Lucio Amitrano. Era un fascista».

I due guardaspalle scattarono verso di me.

Calamandrei e io allargammo le braccia: lui per segnalare ai suoi di stare calmi, io per far capire loro che non ero armato e non avevo cattive intenzioni.

«Che vuoi?» mi chiese.

«Solo parlarle. Mio fratello è morto nel '45, a Milano. Sto raccogliendo testimonianze su di lui. È vero che lo conosceva?».

Ci pensò per qualche secondo. Forse non voleva che i due compagni fraintendessero. Poi, evidentemente, decise di fregarsene.

«Mi ricordo di tuo fratello».

Mi rilassai.

«Posso farle qualche domanda?».

Calamandrei mi fece segno di seguirlo.

«Andiamo a casa mia».

Libri. Libri dappertutto: sparsi su un divano di velluto, divisi in decine di pile incolonnate sul pavimento, appoggiati alla rinfusa sugli scaffali di una libreria. Persino sul tavolo di marmo della cucina. Libri di politica, di filosofia, di dottrina economica. Romanzi in inglese, francese e tedesco. Autori che ignoravo, come Kafka, Hemingway, classici a malapena studiati al liceo come Goethe e Balzac. Riviste, giornali, dizionari lasciati aperti sul piano della scrivania. E fogli. Scritti a mano, vergati a matita con una scrittura nervosa e incomprensibile, o dattiloscritti con una Olivetti Lexikon 80 nuova di zecca. Fogli macchiati di caffè, ricoperti di briciole. Segno di un lavoro incessante.

Il resto dell'appartamento era ininfluente, le altre stanze avrebbero potuto essere vuote o non esserci affatto.

Mi sembrò pazzesco che alla sua età avesse potuto leggere e studiare tutti quei volumi.

Forse era un uomo che cercava nei libri qualcosa in cui credere.

Calamandrei aveva dovuto discutere con i due angeli custodi sull'opportunità di svelarmi dove abitava. Non si fidavano di me e temevano chissà cosa, forse che organizzassi un appostamento. Io mi ero dimostrato disponibile a farmi perquisire, avevo consegnato i miei documenti, proposto di scortarci, purché il colloquio rimanesse privato. Alla fine Calamandrei aveva tagliato corto e, salutati i due sul portone di casa, mi aveva invitato a salire.

«Scusami per i miei compagni, ma sono giorni difficili, *pesi*, come diciamo noialtri a Firenze».

Mentre mi porgeva un bicchierino di vin santo mi spiegò che si trattava di una sistemazione provvisoria. Ormai viveva a Milano, ma veniva spesso a Roma per la campagna elettorale. Aveva preso in affitto quell'appartamento in via Cola di Rienzo per non far spendere al partito i soldi dell'albergo.

«Lo sai che al secondo piano di questo palazzo abitava la famiglia di Pietro Koch? In questo paese coincidenze e vicinanze sono sempre in agguato...».

Da quando eravamo entrati si era messo a spostare le carte e i libri sparsi sul divano nel tentativo di creare un po' di spazio per sederci. Mi spiegò che tra un comizio e un comitato stava cercando di portarsi avanti con il lavoro di traduttore. Si era imbarcato in un'impresa titanica, la traduzione della *Recherche du temps perdu* di Marcel Proust.

«La letteratura e la politica mi hanno salvato dalla disperazione» mi disse rinunciando a fare ordine e lasciando cadere sul divano i fogli e i volumi che aveva appena sollevato. «Ti dispiace se ci sediamo a terra?».

Mi accovacciai sul tappeto, appoggiando le spalle al divano.

«Non mi stupisce che tuo fratello si sia fatto ammazzare. Credo che se la sia andata a cercare».

Nonostante la loro durezza, pronunciò quelle parole per me inaccettabili con un certo garbo, come un epitaffio.

«Come fa a dire una cosa del genere?» reagii, infastidito dalla sua categoricità, tipica del resto dei comunisti.

«Perché era un disperato, proprio come me».

«Lucio era un idealista, aveva le sue amarezze, ma non...».

«Tu sai chi è mio padre?».

«Non vedo cosa c'entri con...».

Questa volta mi interruppi da solo perché, sia pure in ritardo, dal modo in cui me l'aveva chiesto avevo realizzato chi fosse suo padre.

«Piero Calamandrei».

Annuì.

«Un gigante del diritto, l'uomo che ha riscritto mezzo codice di procedura civile, che ha redatto la Costituzione della Repubblica».

Mi venne in mente di aver visto il suo manifesto elettorale. Si presentava alla Camera nelle file del Partito Socialdemocratico.

«Grand'uomo ma pessimo padre. Ingombrante e al tempo stesso assente. È contro di lui che per un paio d'anni ho cercato di essere fascista. Senonché la motivazione mi è sembrata insufficiente e ho preferito scavalcarlo a sinistra. Tuo fratello invece ha cercato di rimpiazzare vostro padre con il

Duce e ha fatto della sua disperazione un'Idea. Un'idea per cui morire. Io, al contrario, ho ucciso per realizzare un'idea nuova, diversa. E ho messo a tacere la mia disperazione. In fin dei conti non so chi dei due sia più innocente o colpevole».

«Come fa a sapere queste cose di mio fratello?».

«Dammi del tu. E chiamami Franco. Perché ci ho parlato, l'ho conosciuto da vicino. Te l'ho detto: coincidenze e vicinanze... Avremmo potuto diventare amici se non fossimo stati nemici».

Versò ancora un po' di vin santo.

«Facevamo entrambi il doppio gioco, su due sponde opposte. Lui cercava di agganciare i simpatizzanti antifascisti per denunciarli alla questura. Io ne ero al corrente e così lo anticipavo. Recitavo il ruolo dello studente interessato a "fare la mia parte". Gli confidai che volevo a tutti i costi entrare in Onore e Combattimento, una specie di milizia di duri e puri. Ci stavamo simpatici e più di una sera restammo a parlare mentre io cercavo di escogitare la maniera più sicura per eliminarlo».

Si fermò a studiare la mia reazione a questa confessione, pronunciata con il tono freddo del funzionario di partito. Non potei fare a meno di pensare che quella maschera gli era necessaria per tenere a bada le emozioni.

Sostenni il suo sguardo, deciso a recitare a mia volta la parte del cancelliere di tribunale il cui compito è registrare le deposizioni senza fare commenti.

«Lucio era un fascista dagli accenti mazziniani. È lui che mi ha regalato questo libro».

Sfilò un volume che stava in cima a una pila di libri. Era il *Wilhelm Meister* di Goethe. Lo aprii. Su una pagina interna c'era una dedica, vergata con l'inconfondibile calligrafia di Lucio: "Agire è facile, pensare difficile, agire secondo quel che si è pensato, incomodo".

«Mi parlava molto di te, con orgoglio e un pizzico di invidia. Avrebbe voluto essere al tuo posto. Per cercare la bella morte, il gesto definitivo. Tuo fratello era un tipo capace di suggestionarti se restavi troppo ad ascoltarlo, ma immagino che questo tu lo sappia già».

Mi guardò come per radiografare le mie emozioni. Anche lui era un tipo capace di suggestionare il suo interlocutore.

Non battei ciglio, e allora proseguì:

«Però c'era in Lucio una cupezza che d'improvviso te lo faceva sentire distante. Una volta mi disse che *i figli devono educare i genitori*. Una frase che mi colpì, dati i rapporti difficili con mio padre. Pensai che sarebbe stato bello, se solo ne avessi avuto la forza. Considera che da piccino facevo un gioco: seduto a tavola, di fronte a mio padre, lo guardavo attraverso il fondo del bicchiere: vedevo il suo volto piccolo e distante, poi a poco a poco più grande finché non diventava enorme via via che alzavo il bicchiere. Una figura da incubo. In seguito ho scoperto che quella frase, quella dei figli che devono educare i genitori, è di Marx. Paradossale, no? Tuo fratello che cita Marx senza saperlo».

Lo squillo del telefono ci interruppe. Erano i due angeli custodi che volevano sincerarsi che non lo avessi accoppato, magari a colpi di vocabolario.

La telefonata, però, sembrava avere deviato il suo interesse da me ai fogli sulla scrivania. Forse si stava chiedendo se valesse la pena sottrarre tempo al suo lavoro per aprirsi con uno sconosciuto. Nel timore che mi congedasse gli chiesi di raccontarmi quand'è che aveva visto ancora Lucio.

«Il giorno dell'attentato a via Rasella. Immagino che ti sia informato e quindi è inutile che io ci giri intorno. In un colpo solo uccidemmo trentatré nazisti e ne ferimmo un centinaio. Erano poliziotti altoatesini aggregati alle SS di Kappler. Gli facemmo esplodere addosso diciotto chili di tritolo, schegge di ferro e ghisa nascosti in un carretto da spazzino. Fu un'operazione di guerriglia perfettamente riuscita, una delle più eclatanti nella storia della Resistenza. Nessuno dei sedici componenti del nostro gruppo d'assalto fu catturato. Di conseguenza i nazisti ordinarono la rappresaglia delle Fosse Ardeatine. Trecentotrentacinque innocenti massacrati con un colpo alla nuca, ammassati uno sull'altro in una catacomba. I nazisti, per ordine del colonnello Kappler, fecero saltare in aria l'ingresso in modo da impedire a parenti e testimoni l'accesso alle fosse. Ancora adesso mi chiedo se fu giusto organizzare quell'attentato, ma non accetto l'accusa di non esserci consegnati ai tedeschi per impedire la rappresaglia. Primo, perché avvenne dopo appena ventiquattr'ore e fu comunicata a cose fatte. Secondo, perché un partigiano non può consegnarsi al nemico ogni volta che compie un'azione di guerriglia. Non è così che si fanno le rivoluzioni».

Conoscevo quel ritornello, lo avevo già sentito e avrei voluto dirgli che anche a me avevano sparato addosso a tradimento, che la guerriglia è roba da vigliacchi. Ma sapevo che non gli avrei fatto cambiare idea, così come lui non l'avrebbe fatta cambiare a me. Preferii chiedergli cosa c'entrasse Lucio con via Rasella.

«Per molto tempo mi sono chiesto se tuo fratello mi salvò. Mi stavo allontanando dal luogo dell'attentato quando me lo trovai davanti. Era andato a ritirare delle lenti a contatto alla Fotottica Moderna di via Tomacelli».

Questa volta sussultai: ero stato io a spedire a Lucio i soldi per comprare i vetrini di contatto. Avevo dovuto mettere da parte tutti i miei stipendi di sottotenente, che comunque in Russia mi sarebbero serviti a poco.

Calamandrei proseguì:

«Da largo del Tritone aveva visto la colonna tedesca che si piegava di fianco per lo spostamento d'aria, sotto una grandine di vetri che piovevano dalle finestre infrante dall'esplosione. Era ancora intontito e gli lacrimavano gli occhi. Non credo che fossi riuscito a dissimulare l'agitazione che mi scuoteva in quel momento. Forse Lucio non ci fece caso, o pensò che fossi in uno stato di choc. Fatto sta che mi lasciò andare, mentre gli sarebbe bastato un niente per fermarmi, visto che subito dopo l'attentato l'intera area era stata circondata da un cordone di polizia e di SS. Mi rivelò solo un dettaglio raccapricciante: i tedeschi, prima dell'esplosione, stavano cantando una canzoncina, *Hüpf mein Mädel*, che in tedesco significa "salta bella mia".

«La cosa assurda è che un mese dopo fummo traditi da uno dei nostri, Ettore Malagigi. Malagigi faceva il riparatore di bilance, veniva dalla Suburra, ed era uno dei pochi proletari dei Gruppi di azione patriottica. Aveva fegato, ma bisognava tenerlo a freno. Prima che entrasse nel gruppo aveva vendicato di sua iniziativa la morte di Teresa Gullace – sai, l'episodio che ha ispirato *Roma città aperta* – uccidendo uno della milizia a colpi di pistola.

«Il 23 aprile del '44, un mese dopo via Rasella, venne sorpreso a rubare in un appartamento. Prima ancora di essere interrogato denunciò tutto il nostro gruppo a Koch. Forse era consapevole che non avremmo mosso un dito per lui una volta conosciute le circostanze del suo arresto. Col senno di poi penso che si era unito ai GAP solo per la paga settimanale e per avere l'occasione di menare le mani, cosa che fece meglio e di più quando accettò l'offerta di Koch di unirsi alla sua banda di torturatori. Fatto sta che Malagigi ci fece arrestare tutti: me, Carlo Salinari, Luigi Pintor, tutti. Ci attirò in una trappola e finimmo alla pensione Jaccarino, in via Romagna.

«Koch ci aspettava seduto davanti a una grande bandiera rossa appuntata a una parete. "Non sorprendetevi" ci disse, "si dà il caso che io sia comunista, anche se dissidente". Appena ci riavemmo dallo stupore ci spiegò che finché gli Alleati occupavano l'Italia bisognava combatterli, poi sarebbe toccata ai tedeschi. Non so se ci avesse preso per stupidi o se fosse completamente pazzo. Dai nostri informatori in questura avevo saputo che aveva fornito a Kappler una lista di cinquanta nominativi per la rappresaglia delle Fosse Ardeatine. Due compagni che conoscevo erano morti sotto le sue torture. A uno avevano spezzato tutte e dieci le dita delle mani con una tenaglia rovente. A un altro avevano legato i polsi con il filo di ferro, per trenta giorni, finché le ferite non erano andate in cancrena. Fu in quella casa degli orrori che vidi Lucio per l'ultima volta. È lì che lo aveva condotto la sua nobile Idea. Spero per lui che non abbia avuto a che fare con le torture. In ogni caso era consapevole che ogni ragazzo che denunciava finiva nelle mani di quei sadici.

«A ogni modo finse di non riconoscermi e io feci altrettanto. Simulai un malore e riuscii a scappare dalla finestra del bagno, proprio come in un film di quart'ordine. Quegli uomini erano stupidi oltre che indemoniati. Ti do un consiglio: non indagare oltre, a meno che tu non voglia scoprire chi è stato veramente tuo fratello».

Smise di parlare e sembrò improvvisamente attratto dal contenuto di un libro lasciato aperto sulla scrivania. Come se io non fossi più nella stanza.

Rispettai quel silenzio, gonfio com'ero di tutto quello che mi aveva vomitato addosso, stordito dal racconto di quella effimera e subdola intimità che aveva condiviso con Lucio prima che naufragasse in una camera di tortura.

Non sapevo più dove collocare mio fratello. Era davvero così disperato? Non gli era rimasto altro che l'odio? Mi riusciva difficile crederci. Eppure non c'era ragione per cui Calamandrei dovesse mentirmi. Gli sarebbe bastato rifiutarsi di parlare con me. O forse stava cercando di indottrinarmi? Di farmi rinnegare gli ideali per cui avevo passato quattro anni della mia vita in guerra?

«Conosci l'inglese?» mi chiese, distogliendomi da tutta quella confusione.

«No» risposi con una punta di astio, «non parlo nessun'altra lingua a parte il napoletano».

Annuì, per nulla sorpreso dalla risposta e ignorandone l'ironia.

«Prima di salutarci voglio tradurti una cosa. Sono dei versi di Edgar Lee Masters, un poeta americano».

Provai un moto di fastidio per quell'ostentazione di cultura, di supponente superiorità intellettuale. Ma un attimo dopo mi resi conto che non c'era nessuna spocchia nel suo modo di sfogliare le pagine del libro, piuttosto la ricerca delle parole giuste per dirmi qualcosa che gli urgeva.

Trovata la pagina che cercava, scorse le righe e tradusse mentalmente i versi. Quindi iniziò a leggere:

«Andatevene dalla stanza se perdete / andatevene quando il vostro tempo è finito. È vile sedersi a brancicare le carte e maledire le perdite, con occhi cerchiati, piagnucolando per tentare ancora».

Dovetti ammettere che non avrebbe potuto scegliere un congedo migliore.

Prima di rientrare in albergo mi fermai a bere qualcosa di forte in un bar. Avevo bisogno di sciogliere le emozioni e di riflettere. In fondo la confessione spontanea di Santaspiga e la testimonianza di un avversario politico come Calamandrei non avevano fatto altro che confermarmi l'idea che Lucio avesse cercato in tutti i modi di fare la sua parte, di dare il suo contributo a una guerra che io, paradossalmente, avevo vissuto solo di striscio. La mia eroica guerra era stata un inutile vagare per la steppa, occuparsi della legna e fare l'amore con le ragazze russe. Non avevo sparato un colpo. Non avevo ucciso o ferito nessuno, e questo in fondo non era stato un male. Non ero stato nemmeno ferito e anche questa potevo considerarla una fortuna. La mia Russia era stata come quelle colonie estive in cui fai appena in tempo a montare la tenda che comincia a diluviare, e non ti resta che andartene di corsa.

I nostri generali si erano fatti sorprendere come era successo a me e ai miei compagni di ginnasio ai campi di broccoli del Vomero, quando la banda rivale del Rosso (ironia della sorte, anche allora il nemico si chiamava così, ma solo per via del suo pel di carota) era spuntata dalla collinetta e ci aveva scacciati con una fitta sassaiola. Eravamo stati costretti ad arretrare e a difenderci con un lancio di sassi di copertura, finché non avevo sentito un colpo secco sulla sommità del cranio e mi ero accasciato a terra urlando: «Mi hanno colpito!». In realtà, nell'arretrare avevo urtato con violenza contro un palo della luce. Mi avevano ricucito il taglio con sei punti di sutura, ma quello che mi aveva ferito di più era stata la vergogna di essere caduto per la mia dabbenaggine e non per i colpi degli avversari.

Io e gli altri superstiti del mio contingente eravamo stati raccolti in un campo di contumacia a Vipiteno, in provincia di Bolzano. La quarantena durava da tre mesi quando fummo sorpresi dall'Armistizio dell'8 settembre del '43. Ci congedarono a tempo illimitato. In pratica fummo abbandonati al nostro destino. Unico obiettivo: salvare il salvabile.

Per un paio di settimane rimasi nascosto in un fienile in compagnia di Armando Villa, un sergente di Roma che avevo conosciuto in Russia. Poi, stanchi e sfiduciati, decidemmo di tornare a casa. Per me sarebbe stata un'impresa difficile: Napoli era al di là della linea di sbarramento tracciata dai tedeschi a Cassino. Decisi di tentare comunque, alle brutte mi sarei fermato a Roma, a casa di Armando.

In viaggio scoprimmo un'Italia ben diversa da quella che avevamo lasciato. I treni erano diventati le carovane della borsa nera, dove la gente di città scambiava i beni di famiglia con patate e farina. Le contadine si fingevano incinte per nascondere i sacchetti di farina e di polenta. I vagoni merci erano stracarichi di soldati allo sbando che indossavano gli abiti più incredibili: pantaloni corti, persino camiciole da donna con gli spallacci. Venivano da La Spezia, Genova, Milano, Bologna. Sembravano ubriachi e urlavano che la guerra era finita e che i tedeschi li avevano lasciati liberi. Impiegammo sedici ore a percorrere il tratto Milano-Firenze. Sulla strada per Roma mi capitò di discutere a brutto muso con un contadino che stava importunando una donna. Le faceva proposte oscene cercando di comprarsela per un pugno di farina. Lo spinsi via, minacciando di pestarlo se avesse insistito e quello, per vendicarsi, mi segnalò a una pattuglia tedesca che fungeva da polizia ferroviaria. Sebbene fossi in possesso del congedo, assecondai l'istinto e saltai giù dal treno, abbandonando il mio bagaglio nelle mani di Armando.

Percorsi a piedi sotto una pioggia torrenziale i venticinque chilometri che ancora mi separavano dalla capitale. Quando finalmente arrivai a destinazione mi resi conto di non avere l'indirizzo di Armando. Per rintracciarlo ebbi l'idea di mettere un annuncio sul *Messaggero*.

Passai la notte senza dormire, osservando i soldati italiani che avevano cercato di difendere Roma dai tedeschi ed erano stati fatti prigionieri. Ammassati sotto una tettoia della stazione, laceri, disfatti, tenuti sotto il tiro delle mitragliatrici, erano in attesa di essere deportati nei campi di concentramento in Germania. Le piazze erano occupate da carri armati e autoblindo e i ragazzini facevano capannello per ammirare i potenti motori dei tedeschi. Le ragazze più carine si facevano portare in giro sulle motociclette.

Il giorno seguente mi ero recato all'appuntamento, sperando che Armando avesse letto l'annuncio sul *Messaggero*. E invece, lasciandomi paralizzato dalla sorpresa e dalla gioia, al luogo convenuto si presentò Lucio.

In pieno contrasto con il caos generale, era carico di una nuova energia. Davvero per lui Roma «era tutta un'altra cosa». Dopo avermi fatto trangugiare l'unico cibo commestibile a portata di mano, un chilo di cachi comprati da un ambulante, mi trascinò alla nuova sede del Partito Fascista Repubblicano, in piazza Colonna. Vidi l'effigie del Duce che campeggiava sulla balaustra della terrazza, gli autocarri con i ritratti di Mussolini, le finestre della federazione spalancate. Qualcuno stava cancellando la scritta "Mejo l'americani su la capoccia che Mussolini tra li cojoni".

Lucio mi disse che, fin dai tempi della caduta dell'impero romano, l'Italia era la bella donna contesa dai maschi guerrieri di ogni nazione e provenienza: anglosassoni, slavi, tedeschi, francesi. Una donna indifferente e sensuale che aspettava solo che uno dei contendenti la facesse sua. Era così da secoli, e solo il fascismo aveva cercato di restituirle l'antica virilità.

Più tardi mi aveva presentato ad alcuni amici tra cui Gianni Santaspiga, e io avevo tenuto banco con i miei racconti sulle ragazze russe e sulla tediosa formalità degli ufficiali tedeschi. D'altra parte che cosa avrei potuto raccontare? Quando arrivai al tedesco soprannominato Chiang Kai-shek e alla sua teoria della guerra perpetua, strappai una risata commentando che per fortuna si sbagliava di grosso. Risero tutti tranne Lucio, che mi zittì con un secco rimprovero e mi chiese, gelido:

«Tutta qui la tua guerra?».

Intorno calò un imbarazzato silenzio, e in quel silenzio Lucio mi strappò le stellette dalla divisa.

Fu come se mi avesse degradato. Come se l'esperienza in Russia, la guerra stessa, non contassero più. Finalmente poteva essere lui il protagonista, perché si sentiva al centro del caos. Il caos gli faceva bene ed era pronto ad annullare tutto quello che c'era stato prima. L'8 settembre era per lui la data della sua rinascita, nel segno di un unico Padre, il Duce, come mi aveva detto Calamandrei.

Lucio aveva cancellato i nostri genitori e avrebbe cancellato me, se non avessi condiviso il suo entusiasmo.

Sentii il rumore della stoffa strappata. Gettò le stellette a terra e mi mise in mano due mostrine che raffiguravano il fascio littorio.

«Fatteli cucire sulla nuova divisa. Non possiamo lasciare l'Italia in mano ai tedeschi e agli americani. Questo è solo l'inizio» mi disse fissandomi negli occhi.

Poi, rivolto agli altri camerati, urlò:

«La lotta è al coltello, camerati, al coltello!».

Ancora una volta gli obbedii e, rinunciando a tornare a casa, mi arruolai volontario nella Guardia Nazionale Repubblicana, la milizia della RSI.

E ora, a distanza di cinque anni, mi ritrovavo di nuovo a Roma, impegnato a prendere una decisione: inseguire le scelte e le mosse di mio fratello, o lasciarlo andare e imboccare la mia strada.

Pagai il conto e uscii dal bar, dicendomi che se c'erano altre cose da scoprire sicuramente non avrebbero aggiunto niente al quadro che mi avevano fatto tutte le persone con cui avevo parlato. Con l'unica eccezione del giornalista di Milano, che però forse si era confuso sovrapponendo i propri ricordi. Lucio era stato ucciso dai partigiani il 29 aprile del 1945. Come il Duce, come Farinacci, Starace, Pavolini e tanti altri capi storici del fascismo. Era senz'altro andata così. Non mi restava che tornare a casa. Negli anni di guerra ero riuscito a dare alcuni esami per corrispondenza, ora me ne mancavano solo due per sostenere la tesi e laurearmi in Giurisprudenza.

L'unica nota stonata era che, secondo la versione di Calamandrei, Lucio non si era trovato faccia a faccia con la morte come invece mi aveva raccontato Santaspiga. Forse Calamandrei aveva omesso l'episodio per non confessarmi che era stato proprio lui il potenziale sicario, ma che alla fine non aveva avuto il coraggio di uccidere Lucio a sangue freddo.

Anche questo era possibile, sebbene l'ex gappista mi fosse parso profondamente sincero. A ogni modo, l'episodio non era rilevante. Lucio era stato assassinato a Milano, da altri partigiani, come attestato dal certificato di morte.

S'era fatto tardi. Rientrato in albergo mi gettai a letto vestito. Ero esausto e mi addormentai di colpo.

Sognai di essere Lucio.

Cammino di notte lungo una strada illuminata fiocamente dai lampioni oscurati per il coprifuoco. Un uomo con un Borsalino e il bavero alzato mi aspetta sotto un lampione. Continuo a camminare anche se ho già capito. L'uomo infila una mano in tasca per impugnare la pistola. Proseguo, impavido. Sono Lucio e non abbasso lo sguardo. L'uomo comincia ad arretrare, mano dentro la giacca e sguardo in allerta su di me. Indietreggia, a piccoli passi. Poi gira sui tacchi e si allontana di corsa, inghiottito dal buio della strada deserta. Aspetto che il rumore dei passi si dissolva del tutto. Solo a quel punto mi fermo. Infilo la mano in tasca per prendere le sigarette. Non riesco ad accendere. Le mani mi tremano. Ma un sorriso di trionfo, un ghigno da pazzo mi illumina il volto. Ho in me il carisma dell'intoccabilità. Sono invincibile! Invulnerabile! Faccio paura con la sola forza del mio sguardo. Che è lo sguardo di Lucio.

Il mattino dopo mi alzai presto, feci in fretta la valigia, vi infilai dentro il libro di Goethe che Lucio aveva regalato a Calamandrei e Calamandrei aveva regalato a me. Pagai il conto e dopo essermi concesso un maritozzo con la panna e un cappuccino con molta schiuma, mi avviai a prendere il treno per Napoli. Ero deciso a gettarmi tutto alle spalle.

La bella giornata di sole, l'aria frizzante di fine marzo, le strade larghe e pulite di Roma, i cartelloni elettorali con le facce per me nuove di Pajetta, Nenni, De Gasperi, e persino una scritta a caratteri cubitali che inneggiava “W il cazzo”, mi misero stupidamente di buon umore.

Mi ritrovai a pensare che un giorno, chissà, sarei potuto venire a vivere a Roma.

Capitolo terzo

Erano i primi di maggio del 1948. Un mese era trascorso da quando avevo fatto ritorno a Napoli.

La DC di Alcide De Gasperi aveva vinto le elezioni politiche del 18 aprile. Alla Camera il MSI aveva ottenuto il due per cento e una pattuglia di sei deputati.

Avevo superato il penultimo esame e, mentre preparavo la tesi, ero stato assunto come praticante presso lo studio legale di un vecchio amico di mio padre.

Il mio tran tran quotidiano mi obbligava ad attraversare il centro della città, dallo studio legale in via Roma al tribunale e di qui all'università centrale. Attraversavo con insofferenza e un senso di oppressione quello che una facile vulgata definisce "ventre di Napoli". Quella densità umana mi riusciva insopportabile e mi metteva addosso la voglia di estraniarmi, di chiudermi in me stesso. Di andarmene da Napoli, come aveva fatto mio fratello. Al più presto. Subito. Lontano da quell'impasto di umanità invadente, esorbitante, straripante. Quel continuo gomito a gomito, quell'escandescenza così affaticante mi asfissiavano.

Ogni giorno assistevo a scene di un'intensità tale da togliermi il respiro: la miseria come condizione naturale, l'infanzia sovraesposta, la povertà chiassosa, esibita con oscena teatralità. I bassi, le cianfrusaglie in vendita, il pederasta in vestaglietta che comprava i frutti di mare, i panieri calati dalle finestre, il venditore ambulante che *dava la voce* in un eccesso baritonale, i bambini seminudi che giocavano con la carcassa di un gatto, le donne che inscenavano litigi a colpi di argute e irripetibili volgarità, in attesa di essere separate da altre donne dalle voci stridule, addestrate ad attirare l'attenzione.

Un giorno ne vidi una che, dopo essere stata separata dalla rivale, si unì gli indici e i pollici delle mani sopra la testa per far intendere all'altra che era una *zantraglia* tanto sporca da avere i pidocchi. Intanto due comari spettegolavano tra loro sporgendosi dalle finestre di due palazzi pericolanti, mentre un pallone rotolava giù per il vicolo inseguito da altre urla, stavolta infantili.

Tutto quel caos non si confaceva alla mia natura. Trovavo rivoltante quella esibizione di vitalità compiaciuta e narcisistica che rendeva famosa nel mondo la mia città. Avrei voluto urlare con tutta la forza di stare zitti, di essere più ordinati. Magari in tedesco, mi sorpresi una volta a pensare non senza ironia.

Detestavo quella convivenza forzata che era riuscita a tramutarsi persino in una filosofia di vita, o in canzonette. Odiavo quella parte della città che *era* la città.

Quando finalmente prendevo la Funicolare Centrale per tornare a casa, sulla collina del Vomero, mi sembrava di issarmi al di sopra della mischia. Erano pochi minuti di sospensione dalla realtà.

Quel breve tragitto era per me la simulazione del viaggio in treno che avrei voluto fare per allontanarmi. Il rumore del cavo d'acciaio che tirava la carrozza di legno scandiva un tempo preciso, ritmato, una cadenza meccanica che mi trasmetteva sicurezza e al tempo stesso rappresentava, a giorni alterni, il peso che dovevo tirare o il cordone ombelicale che avrei voluto recidere una volta per tutte.

Tra la fermata del Petraio e il capolinea di piazzetta Fuga la galleria si interrompeva e finalmente uno sprazzo di luce, di verde, di aria più fresca entrava dai finestrini aperti. Era un sollievo, come risalire da una bolgia infernale a un purgatorio dove l'impossibilità di essere felice era compensata da un senso di serena rassegnazione che durava pochi secondi, il tempo necessario alla carrozza della funicolare per rientrare in galleria e coprire l'ultimo tratto.

Quei dieci minuti di sospensione erano la mia pausa quotidiana prima di essere trasportato dalla corrente dei pendolari che mi sospingeva all'esterno della piccola ed elegante stazione di piazzetta Fuga, dove stazionavano vecchi amici e conoscenti, vomeresi di lungo corso. Gli stessi che in un tempo apparentemente così lontano facevano capannello intorno a Lucio per essere aggiornati sugli avvenimenti politici, e che oggi preferivano commentare le vicissitudini del Napoli Calcio che, per un illecito sportivo, rischiava di retrocedere in serie B.

Li conoscevo tutti fin da quando ero bambino e con tutti scambiavo un saluto. Però, da quando Lucio non c'era più, capivo che mi evitavano, forse per imbarazzo, o forse per pudore, oppure perché ricordavo loro qualcosa, e soprattutto qualcuno, che andava invece accantonato, dimenticato.

Finché un pomeriggio accadde un fatto insolito.

Ero appena uscito dalla funicolare. Avevo una gran fame e pregustavo una scorpacciata di paste cresciute e panzarotti della friggitoria Vomero.

Appoggiato a una giardinetta in sosta c'era Silvio Gomez. Non lo vedevo da anni, ma c'era stato un tempo in cui frequentava casa nostra quasi tutti i giorni. All'epoca lo avevo soprannominato "l'Ombra" perché, ovunque Lucio andasse, qualunque cosa facesse, Silvio era lì, a due passi da lui come un cane lupo o piuttosto come un giannizzero pronto a menare le mani se qualcuno avesse osato alzare un dito su mio fratello.

Negli anni del liceo Silvio era stato campione regionale di pugilato. Peso mosca. Mancino. Un fascio di nervi che non riusciva a stare fermo un momento. Era piccolino, magro ma cattivo. Aveva un montante sinistro che era una castagna. Se centrava la mascella anche un uomo robusto crollava come un sacco da allenamento cui fosse stata recisa la corda. A quel punto, mentre il malcapitato si afflosciava a terra, Silvio completava l'opera colpendolo al costato e alla testa con la punta rinforzata della scarpa, finché qualcuno non lo afferrava per le braccia e lo tirava via prima che fosse troppo tardi. Solo per questo motivo Silvio preferiva farsi scortare quando c'era da menare le mani. E solo per questo non aveva mai ucciso nessuno. Il suo accompagnatore preferito, quello che sapeva esattamente quand'era il momento di allontanarlo dalla vittima di turno, era Lucio, l'unico coetaneo che rispettasse. Silvio lo chiamava affettuosamente "il Domatore".

Appena lo vidi ebbi la sensazione che non si trovasse lì per caso. A quel che sapevo si era trasferito in un altro quartiere e non frequentava più gli amici della funicolare. Qualcuno mi aveva detto che non aveva completato gli studi e che ora lavorava in una tipografia di Fuorigrotta.

Con gli anni non si era appesantito, anzi, era ancora più magro di un tempo. I vestiti gli cascavano addosso, segno che non si teneva più in allenamento.

«Fulvio!» mi chiamò venendomi incontro.

Nell'abbracciarlo ebbi la conferma che i muscoli di cui un tempo faceva sfoggio non erano più d'acciaio. Mi propose di fare due chiacchiere sullo scalone di fronte al Sannazzaro, il liceo classico che entrambi avevamo frequentato.

Era un posto bellissimo, tre rampe di ripide e larghe scale da cui si apriva uno squarcio di panorama mozzafiato attraverso i giardini di Villa Hertha. Lì avevo imparato a fumare e a baciare le ragazze.

Era da tanto che non parlavo con qualcuno della vecchia guardia e accettai volentieri. Dividemmo da buoni amici un cartoccio di paste cresciute, passando in rassegna gli episodi più divertenti degli anni di scuola. Ma tra una battuta, una risata e una pacca sulla spalla sentivo crescere in lui una tensione che non riusciva a sciogliere.

Provai ad aiutarlo chiedendogli cosa avessero combinato lui e mio fratello dopo la mia partenza per la Russia.

Mi rivolse uno sguardo di gratitudine e finalmente riuscì ad aprirsi.

«Ho saputo che da quando sei tornato non te la passi troppo bene. Ti sei chiuso, non hai più cercato gli amici...».

Provai a dire qualcosa, ma lui mi appoggiò una mano sulla spalla per tranquillizzarmi.

«Non ti devi giustificare. Io lo so quanto volevi bene a Lucio. Però sbagli a sentirti in debito con lui. Non gli devi proprio niente».

Lo guardai con irritazione.

«Con chi hai parlato?».

«Ma no, con nessuno».

Mentiva.

«Hai parlato con papà».

«Che c'entra...».

Continuai a fissarlo con sguardo inquisitorio.

«...Ci siamo incontrati, l'altro giorno».

«Ah, ecco!».

«È preoccupato per te».

«Pure!».

«Dice che ti sei fatto l'Italia sopra e sotto, che non ti fai capace per come è morto, che non ti rassegni».

«Rassegnazione! Ecco una parola che si addice a mio padre».

Silvio mi guardò allarmato: «Parli come Lucio».

«E con questo? Era il tuo migliore amico, se non sbaglio».

«No, non sbagli. Gli ho voluto veramente bene a tuo fratello. Ma negli ultimi tempi non era più lui. Voleva... Non lo so cosa voleva. Ma non si comportava bene».

Tacque, incapace di proseguire. Le parole non erano mai state il suo forte.

«Che stai cercando di dirmi, Silvio?».

Contrasse la mascella, mettendo ancor più in evidenza il volto scavato.

«Tu sai che io non ero uno stinco di santo. Oggi non farei male a una mosca, ma allora mi dovevo sfogare in continuazione. Non lo so che avevo. Senza Lucio credo che mi sarei fatto qualche anno al Filangieri. Ero sempre io che lo venivo a cercare, ma questo tu lo sai. Quando successe il patatrac del 25 luglio prima e dell'8 settembre poi, non sapevamo a quale santo rivolgerci. Lucio pareva un leone in gabbia. A dire la verità eravamo tutti sotto botta, ma Lucio di più. C'era qualcos'altro oltre all'arresto del Duce e a tutto quello che venne appresso. Era successo qualcosa a casa vostra. Tu te lo ricordi il signor Bianchi...».

«Chi, il padrone di casa?».

Silvio annuì: «A quello che so continuava ad aumentare l'affitto e i tuoi ormai non ce la facevano più. Lucio aveva minacciato di denunciarlo per inosservanza delle norme di sicurezza antiaeree e per esosità in tempo di guerra, ma tuo padre continuava a dirgli che il problema erano le pigioni arretrate. In preda al panico, pregò Lucio di fare fronte chiedendo un anticipo sullo stipendio.

«Lucio gli annunciò che era stato licenziato pure dall'ultimo lavoro alla Camera di Commercio. A quel punto tuo padre non ci capì più niente e lo cacciò di casa. Te lo puoi immaginare: "Chi ti pensi che sono, il fesso della compagnia? Stavolta però te ne vai a fare l'emancipato da un'altra parte! Sempre con la scusa della vista cattiva per fare i comodacci tuoi!". Non l'avesse mai detto. Lucio non aspettava altro. E il giorno in cui arrivò l'ingiunzione di sfratto se ne andò».

Silvio fece una pausa, in attesa che una robusta signora con la borsa della spesa si allontanasse giù per le scale.

«Era la fine di settembre del '43. A Napoli si era scatenato il putiferio contro i tedeschi. Le famose Quattro Giornate dei morti di fame. Qualcuno di noi cercò di salvare la faccia. Riempivamo di mazzate tutti quelli che cercavano di buttare giù il fascio dalle facciate dei palazzi o qualche statua del Duce. Sparammo pure qualche colpo ma eravamo quattro gatti e i tedeschi se ne stavano andando. Lucio a stare in clandestinità non ci pensava proprio. Mi propose di spostarci insieme a Roma, dove aveva già dei contatti. Ma io mi ero scocciato. Non credevo più a niente. La sera che doveva partire mi chiese di fare una cosa. Non mi aveva mai chiesto un favore. E logicamente dissi subito di sì».

Si interruppe una seconda volta. Credo che non avesse mai parlato tanto a lungo.

Gli accesi una sigaretta. Alla luce del fiammifero mi accorsi che aveva gli occhi arrossati.

Avrei voluto rispettare il suo turbamento, ma il bisogno di sapere era più forte.

Con due tiri la punta della sigaretta diventò un tizzone ardente.

«Il signor Bianchi non era mai stato antifascista, anzi. Durante gli scontri se ne stava chiuso in casa perché era anziano e pure un po' malandato».

Non capivo dove stesse andando a parare.

«Lucio mi disse di andare da lui. Pensai che dovessi accompagnarlo, ma lui mi chiese di andarci da solo e senza farmi vedere da nessuno. Sapeva che quando cominciavo a buttare le mani non riuscivo più a fermarmi. Lo sapeva».

«Ma che cazzo stai dicendo?» gli urlai colpendolo con una manata sulla spalla.

Silvio non reagì e nemmeno trattenne le lacrime.

«Era vecchio, cristo santo. Solo un povero vecchio. E se non me lo avesse chiesto Lucio manco ci sarei andato!».

Mi alzai di scatto. Avevo voglia di prenderlo a calci. Ma quando alzò lo sguardo su di me vidi una disperazione sincera.

«Quando raggiunsi Lucio alla stazione di Mergellina stava calando il buio. Tuo fratello stava là, lo vidi, sul marciapiede di fronte. Portava ancora la spilletta fosforescente dell'UNPA. Feci il segno della benedizione per fargli capire che l'ordine era stato eseguito. "*Consumatum est*", gli urlai. Non disse manco una parola. Niente.

«Non un cenno, una cosa qualunque. Salì sul treno senza salutarmi, senza una spiegazione. Non ce n'era bisogno. Sapevamo tutti e due che era stata una vigliaccata».

«Non ci credo». Fu l'unica cosa che riuscii a dire a Silvio prima di allontanarmi giù per le scale.

«Non fare come me! Non rovinarti la vita per lui!» mi urlò dietro. «Hai capito?».

Un cane abbaiò a quel grido insensato.

A casa mi aspettava un altro inferno. Lo stesso da cui Lucio era fuggito.

Entrai in quell'appartamento triste, con la mobilia di legno impiallacciato, i pavimenti di marmetto, la sala da pranzo con gli specchi dalle cornici dorate, in finto stile, i lampadari sproporzionati rispetto all'ambiente. Le imposte erano come al solito accostate.

Appena richiusi alle mie spalle la porta d'ingresso sentii il richiamo di mia madre:

«Fulvio, a mammà!».

Era un lamento cui non potevo sottrarmi e che mi costrinse a raggiungerla nella stanza matrimoniale, da dove non usciva quasi mai. Seduta sulla thonet a dondolo, unico cimelio del perduto benessere economico, mia madre mi accolse con il suo sorriso estatico, specchio in realtà della continua percezione di spiacevoli sensazioni fisiche all'interno del suo organismo sofferente. Come misi piede nella stanza attaccò la litania quotidiana sui dolori che la tormentavano, la sua infelice condizione, e soprattutto su quel mostro del marito che pretendeva «solo diritti e niente doveri». L'uomo che l'aveva «violentata» la prima notte di nozze e che lei aveva sposato credendo di emanciparsi dalla condizione di serva di sua sorella Augusta, cantante lirica ricca e famosa alla quale doveva pulire anche l'orinale perché abituata a fare tutti i bisogni nella propria stanza.

Conoscevo a memoria quel lamento barocco tipico di certe donne del Sud. Mi ritrovai seduto di fronte a lei, intento a fissare il vuoto e ad annuire senza espressione. La pantomima durò qualche minuto finché mi alzai in piedi e, dandole le spalle, appannai il vetro della finestra per scrivere con un dito la parola DUX.

Poi, con un laconico «Mamma, non ci pensare» uscii da quell'antro che sapeva già di vecchio nonostante mia madre avesse solo cinquantaquattro anni, e andai incontro a mio padre che nel frattempo era rincasato.

In cucina, mentre osservavo la sua meticolosità da farmacista nel preparare la cena, subii i suoi brontolii rancorosi contro «quella donna» che lo aveva sposato come avrebbe sposato qualunque altro uomo che le fosse capitato davanti all'età di ventotto anni, pur di sottrarsi alla propria famiglia, nella quale era maltrattata e vituperata da tutti. «Quella donna» gli aveva infelicitato l'esistenza coniugale. Da lei mai un'affettuosità né una carezza, mai un bacio né un amplesso. Solo lamenti e malattie. Una donna «ghiacciata» che in ogni occasione gli aveva mostrato tutto il proprio livore, immaginando cose inesistenti fino al punto di metterlo in cattiva luce con i figli, soprattutto con Lucio. Fin dai primi giorni da sposati si era data ammalata o s'era finta tale e con quella scusa aveva sempre voluto coricarsi bella e vestita. Non solo: dalla nascita del primo figlio, nel letto, in mezzo a loro, c'era sempre stato un marmocchio, a tutto danno dell'igiene e della moralità. Solo il giuramento a sé stesso di fare di noi figli degli uomini colti, in grado di entrare nella migliore società, lo aveva fatto desistere dal desiderio di abbandonarla al proprio destino.

In altri tempi avrei cercato di consolare, di mediare, di riportare un po' di armonia tra quelle due anime così infelici. Ma stavolta mi sentii come Lucio. Quante volte avevamo dovuto sopportare quel livore sterile e volgare? Gli chiesi soltanto come mai non fossimo più stati sfrattati. Non seppe o non volle rispondere.

Gli passai la formaggiera e mi ritirai in camera mia.

Mi immersi nella lettura del libro di Goethe. In un capitolo, intitolato *Confessioni di un'anima bella*, mi imbattei in una frase sottolineata a matita:

"La maggior parte dell'infelicità e di quello che a questo mondo si chiama male, proviene solo dal fatto che gli uomini sono troppo trascurati per conoscere bene i loro scopi, e per lavorarci seriamente, quando li abbiano conosciuti".

Mi chiesi se la sottolineatura fosse di Lucio o di Calamandrei.

La mattina successiva mi recai a Posillipo, presso una sezione distaccata del tribunale, e non seppi resistere alla tentazione di godermi la meravigliosa giornata di sole.

Il mare levigato come una tavola, i pescatori impegnati a tirare a riva le reti, i canottieri che solcavano il mare con le loro imbarcazioni affusolate.

Mi venne in mente l'etimologia della parola Posillipo, che in greco significa «cessazione del dolore».

Per far cessare il dolore sarei dovuto andare fino in fondo alla disperazione di mio fratello.

Capitolo quarto

Presi il treno per Milano il 21 maggio. Mio padre aveva inutilmente cercato di dissuadermi, urlandomi che Lucio non aveva la testa a posto, che io ero un bravo figlio con un bell'avvenire davanti a me e che non dovevo sprecare il mio tempo dietro ai fantasmi. Anche se non ce n'era bisogno, le sue parole erano state una spinta in più ad andarmene subito di casa.

Nelle ultime due settimane mi ero dato da fare per rintracciare Giulio Casarsa, un capitano dei carabinieri che avevo conosciuto in Russia nel '43, durante la ritirata.

Nel caos della disfatta gli alpini e tutti i reparti destinati al fronte erano stati abbandonati a loro stessi. Privo di ordini dagli ufficiali superiori, che se l'erano già svignata, ero riuscito a difendere l'ultimo camion in dotazione, un Fiat 666, dalla rabbia dei tedeschi, che trattavano noi italiani come accattoni proprio come noi avevamo trattato i romeni all'inizio dell'offensiva. Perfettamente organizzati anche nella ritirata, i tedeschi avevano paura di essere infettati dalla nostra incompetenza.

Deciso a mantenere un po' di dignità, ma reso folle dalla frustrazione, avevo difeso il camion con le unghie e con i denti, rifiutandomi di obbedire agli ordini urlati dagli ufficiali tedeschi. Mi ero dato uno scopo: salvare il maggior numero di dispersi fino a riempire il camion. Avevo visto i feriti abbandonati negli ospedali, gli sbandati sommariamente fucilati come disertori al ponte di Vorošilovgrad sul Donec. Un mio compagno di reparto, colpito a una gamba durante il ripiegamento, era stato finito dai russi dopo essersi invano sparato una pallottola alla tempia. Per la prima volta avevo sentito parlare di nemici invisibili che arrivavano da tutte le parti e si facevano chiamare partigiani. Ma i veri fantasmi erano i nostri soldati, vivi-morti o morti-vivi con gli occhi iniettati di sangue, resti umani con una coperta buttata sulle spalle e un passamontagna che a stento copriva la barbaccia ispida e incolta, giovani di vent'anni che sembravano vecchi.

Con la paura di guardare oltre le ruote anteriori del Fiat 666, mi ero messo sulla pista per Starobelsk, dove andavano concentrandosi le truppe italiane in rotta.

La steppa gelata era un grande niente che ti faceva dubitare di essere vivo. La pista era stata coperta dai fiocchi della tormenta. Ricacciando la paura di un guasto al motore o di un incidente qualsiasi, tiravo su un uomo dopo l'altro. Incapaci di andare avanti, strisciavano sospinti dall'inerzia della sopravvivenza; si sorreggevano a vicenda mentre la neve li ricopriva come macabri pupazzi. Non so quanti riuscii a caricarne. Li ammucchiavo sul retro e ripartivo, stando attento a non far spegnere il motore. L'ultimo mi si parò davanti, allargando le braccia come uno spaventapasseri. Era Casarsa. Riuscì a issarsi a bordo con le sue forze. A pochi chilometri dalla salvezza il camion si fermò, era finita la benzina. Ma potevamo ancora farcela. Scesi e aprii il portellone posteriore per recare aiuto ai superstiti: avevano tutti gli occhi sbarrati, vetrosi, e atroci smorfie sulle labbra tirate. I corpi erano raggomitolati e avvinghiati l'uno all'altro nel vano tentativo di resistere al gelo. Non uno si era salvato.

Casarsa mi tirò via. Tenendoci per mano riuscimmo a percorrere l'ultimo tratto di quell'orribile morsa di ghiaccio, un incubo bianco di cui non vedevo la fine.

Tornammo insieme in Italia, a bordo di una tradotta talmente stipata che mettevamo a turno la bocca davanti a un foro nella carrozzeria per poter respirare.

Casarsa era di Udine, e quando l'8 settembre l'esercito di Sua Maestà il Re ci diede il benservito, da Vipiteno se ne andò dritto dalla moglie e dal figlio di sei anni, sfollati in un cascinale di campagna.

Seguirono per lui sei mesi di claustrofobica latitanza passati con le imposte tappate per non insospettire i vicini. Le delazioni erano all'ordine del giorno e qualcuno interessato a prendersi il suo pezzo di terra, o sua moglie, avrebbe potuto denunciarlo come disertore ai tedeschi o alla milizia della Repubblica Sociale.

Marcio di gelosia, aspettava il rientro della moglie dalla borsa nera e davanti al pezzo di formaggio che si era procurata, sibilava a mezza voce perfide insinuazioni su come fosse riuscita a procurarsi quel ben di dio. Troppo stanca per replicare, la moglie lo guardava con compatimento, ferendolo ancor di più.

La sua nuova uniforme era diventata il pigiama di flanella, che ormai indossava anche di giorno. Il figlio aveva smesso di obbedirgli. Per sfuggire a un castigo o a un semplice rimprovero, gli bastava uscire di casa e chiudersi la porta alle spalle, sapendo benissimo che suo padre si sarebbe fermato sull'uscio trattenendo in gola un urlo di rabbia.

Alla fine Giulio, carabiniere di carriera, si era ridotto a sbrigare i lavori domestici: preparava la polenta, rifaceva i letti, rammendava i calzini, puliva la cucina. Dopo sei mesi di questo abbrutimento si sentì dire dalla moglie che non potevano andare avanti così. L'alba successiva prese la pistola di ordinanza e il vecchio fucile da caccia e se ne andò in montagna, dove si unì ad altri soldati sbandati e rabbiosi come lui che, come i russi che ci avevano inseguito dalle rive del Don, si facevano chiamare partigiani.

Nella mia lettera non gli avevo nascosto di aver fatto la scelta opposta. Ma questo non gli aveva impedito di rispondermi, dichiarandosi disponibile a darmi una mano. Dall'estate del '45, infatti, era rientrato nell'Arma col grado di capitano e da un anno era stato trasferito a Milano.

Appena sceso dal treno, lo vidi sbracciarsi per attirare la mia attenzione. Non me lo ricordavo così alto e robusto. Impeccabile nella sua divisa, con la mascella squadrata e la fronte alta, sembrava uno di quegli attori americani specializzati nell'interpretare il ruolo dell'ufficiale nordista uscito fresco fresco dall'accademia di West Point. Del reduce che avevo raccolto nella neve russa non c'era più nessuna traccia. Si era trasformato in fretta nel tipico militare da tempo di pace, rilassato e ben pasciuto.

Ci stringemmo a lungo la mano scambiandoci reciproci complimenti, poi Giulio prese la valigia e mi scortò fuori dalla stazione centrale.

«Pietro Koch, nato a Benevento il 18 agosto 1918».

«Aveva un anno meno di Lucio» commentai sorpreso.

Eravamo seduti in un caffè della famosa Galleria.

«Il padre Rinaldo» proseguì Casarsa, «tedesco, era un ex ufficiale della Marina tedesca divenuto in seguito grossista di vini. Ufficiale di complemento nei Granatieri di Sardegna, Koch viene congedato nell'autunno del '40, fino all'aprile del '43. In questo periodo sposa Vincenzina Gregari, nata il 18 agosto ma del 1908».

«Erano nati lo stesso giorno».

«Magari l'avrà usato come argomento per rimorchiarla, visto che lei aveva dieci anni di più e stava bene a soldi. E infatti il matrimonio dura pochi mesi, sufficienti a Koch per dilapidare il discreto patrimonio della moglie. Si tuffa nell'attività di compravendita immobiliare, iniziando dal nulla e facendo in breve tempo parecchi soldi. I suoi metodi spesso sconfinano nell'illegalità. Dal casellario giudiziario risultano alcune denunce a suo carico. Si becca varie multe in base all'articolo 690 del codice penale: determinazione in altri dello stato di ebbrezza. In pratica faceva ubriacare potenziali vittime di truffe o di affari poco chiari, oppure si spacciava per agente dell'OVRA allo scopo di millantare conoscenze in alto loco. A Perugia, come da rapporto della locale prefettura, si sistema nel migliore albergo della città e manda a segno alcune truffe, emette assegni a vuoto, eccetera, eccetera. Conosce l'avvocato Augusto Trinca Armati e si mette in affari con lui. Trinca gli copre delle cambiali per trentamila lire.

«Richiamato alle armi, il suo reggimento, il II Granatieri, sosta a lungo sulle coste toscane, perché qualcuno dei nostri geniali strateghi era convinto che vi sarebbero sbarcati gli Alleati. L'armistizio lo sorprende a Livorno, dove nel frattempo aveva intrecciato una relazione con una minorenne, Tamara Cerri, una ragazzina di appena diciassette anni.

«Da Livorno si trasferisce a Roma. Qui rientra in contatto con alcuni ufficiali dei granatieri che si erano uniti al fronte clandestino del colonnello Montezemolo. Partecipa a una riunione in una villa di Frascati, durate la quale fa richiesta di mezzo milione di lire per organizzare un sabotaggio sulla linea ferroviaria Viterbo-Roma. Appena scopre che tutto quel denaro se lo può pure scordare, decide di passare dall'altra parte della barricata. Così ritorna in Toscana, questa volta a Firenze, dove si mette alle dipendenze dell'ufficio politico del maggiore Carità, un fascistone noto per i suoi metodi violenti. Rimane a Firenze fino alla fine del '43, quando gli riesce il primo colpaccio, l'arresto del generale Caracciolo di Feroleto, ritenuto dai fascisti uno tra i principali responsabili della disfatta militare italiana.

«Koch lo aveva scovato nel convento di San Sebastiano e si era divertito a mostrarlo in giro con indosso la tonaca da prete. La notizia era stata diffusa attraverso i giornali con grande clamore, affinché fosse ben chiaro a chi il traditore Badoglio avesse affidato gli eroici soldati italiani... Nel gennaio del '44 il capo della polizia Tamburini autorizza Koch a formare un reparto speciale di polizia per operare nella capitale. Il resto lo trovi scritto qui».

Casarsa mi porse una cartellina azzurra.

Restammo in silenzio lasciando che il cameriere poggiasse sul tavolino i nostri aperitivi: per me un Mi-To, metà Campari milanese e metà Punt e Mes torinese, e per lui un Americano.

Appena il cameriere si fu allontanato Casarsa si sporse verso di me per chiedermi:

«Posso parlarti da amico?».

Annuii, sorseggiando il mio aperitivo.

«Lascia perdere. Pensa a laurearti. Metti su famiglia».

«Lo farò a cose finite» risposi senza molta convinzione.

«A cose finite! Lo dicevamo durante la guerra: "A cose finite mi comprerò un pezzo di terra, a cose finite mi metterò a lavorare in officina con mio padre...". La guerra è finita, Fulvio. E anche il fascismo. Devi smetterla di ragionare come un reduce, o rischi di perdere anche questo treno».

«E dove porta questo treno?».

«Avanti».

«Avanti» ripetei. «E dovrei salire su un treno che non so da dove viene e nemmeno dove va?».

«Perché, tu invece dove credi di andare? In qualche vicolo cieco in fondo al quale c'è il cadavere di tuo fratello?».

«E se fosse?».

«Tuo fratello è morto!».

«Lo saresti anche tu se non ti avessi salvato la pelle».

Incassò il colpo.

Non avrei voluto essere così sgradevole, perciò fui io a parlare per primo:

«Se riesco a scoprire com'è morto, capirò chi era veramente».

«Non ci riuscirai».

«È probabile. Ma voglio tentare».

«Non essere ingenuo. Guardati intorno. Questo paese, la gente di questo paese ha voglia di voltare pagina, ma per farlo deve chiudere con il passato».

«Io non sono la gente. A me non interessa cambiare».

«Ah sì, certo, la coerenza. Nobile cosa, anche se, mischiata alla testardaggine, diventa stupidità. Ma ragiona: come credi che volteremo pagina? Facendo i conti con gli errori del passato? Scordatelo. Il passato è già bello e sepolto sotto una lastra di marmo, come tuo fratello».

Questa volta toccò a lui rendersi conto di essere stato troppo duro. Mise da parte l'enfasi e adottò un tono più confidenziale.

«Ma lo sai chi era il presidente dell'Alta Corte che condannò Koch alla fucilazione? Lorenzo Maroni, un giudice fascista, uno che sotto la toga portava la camicia nera. Pronto a riciclarsi sedendosi accanto a giudici e avvocati vicini al Partito Socialista, al PCI, ai socialdemocratici... E tu credi che troverai qualcuno disposto ad ammettere di aver avuto a che fare con gente come Koch?».

Non risposi, mi limitai a fissarlo dritto negli occhi con tutta la determinazione che mi portavo dentro.

«Fai come vuoi». Indicando la cartellina aggiunse: «Lì dentro forse troverai qualcosa. Ma sta' attento, Fulvio. Indagare sulla morte di tuo fratello potrebbe essere pericoloso».

Aveva ragione. Avrei potuto scoprire che Lucio era un delinquente come sembrava sostenere Silvio Gomez. O che il suo assassino era nel frattempo diventato deputato della Repubblica, o segretario di un partito. In questo caso qualcuno, magari proprio Casarsa, avrebbe cercato di fermarmi. Ma io non avevo secondi fini. Volevo soltanto sapere.

Solo comprendendo fino in fondo il passato avrei potuto immaginarmi un futuro.

Dopo essermi congedato dal mio amico presi una camera

in via Pontaccio, nella stessa pensione in cui Lucio aveva vissuto i suoi ultimi giorni. I proprietari erano cambiati e non seppero darmi nessuna informazione su di lui.

In camera mi sdraiai sul letto e cominciai a studiare il dossier consegnatomi da Casarsa che, in una nota scritta di suo pugno, mi precisava che gli atti del processo alla banda Koch erano secretati, e che dunque le scarne informazioni contenute nella cartelletta le aveva estrapolate dal casellario giudiziario, dai registri della questura e da alcuni articoli di giornale che si erano occupati più degli aspetti di colore relativi ai componenti della banda che dei crimini commessi da ciascuno di loro: l'uso e lo spaccio di cocaina, i furti nelle case degli arrestati, la rissa scoppiata in carcere tra le amanti ufficiali di Koch, Tamara Cerri e Dusnella Marchi, due belle ragazze che si esibivano nei tabarin.

In sette mesi di attività, prima a Roma e in seguito a Milano, il Reparto speciale di Koch aveva proceduto a seicento arresti. Era ben organizzato e godeva in pratica di carta bianca. Effettuava fermi illegali di trenta-quaranta giorni. L'uso della tortura nel corso degli interrogatori era consolidato.

A Milano il Reparto aveva in dotazione due Fiat 1100, due 1500, una Lancia Aprilia e una Lancia Ardea. Riceveva tre milioni di rimesse mensili dalla Direzione generale di pubblica sicurezza. I dirigenti guadagnavano fino a ventimila lire al mese. Il suo organico contava una settantina di elementi, tra uomini e donne. Il nucleo storico era composto da un gruppo di toscani che Koch aveva portato con sé da Firenze.

Oltre a Pietro Koch, i principali dirigenti erano stati giustiziati tra l'aprile e il maggio del '45, come era accaduto a Lucio, che però non figurava neppure negli elenchi del Reparto. Una decina di agenti era sfuggita alla cattura e si era resa latitante. Tra questi un misterioso gruppo di dalmati, tali Giuseppe Duca Masè, Giovanni Marsan e Niccolò Novack, che si erano eclissati. Poi c'era il gruppo più numeroso, quello degli amnistiati col Decreto presidenziale n. 4 del 22 giugno '46, la cosiddetta "Amnistia Togliatti".

Sarebbe stato davvero arduo mettersi sulle loro tracce.

Mi concentrai su quelli che stavano scontando la pena nelle patrie galere.

Rispetto ai capi di accusa, che andavano dall'omicidio alle percosse, le pene erano state notevolmente mitigate in sede di giudizio: in pratica quasi tutti sarebbero usciti di lì a cinque o sei anni. Casarsa aveva ragione, c'era stata una chiara volontà di dare un colpo di spugna.

Il mio amico aveva sottolineato la motivazione della Corte. La sentenza aveva stabilito che una sevizia particolarmente efferata è soltanto quella che, per la sua atrocità, fa orrore a coloro stessi che dalle torture non siano alieni. Un vero sofisma anche per il giurista più smaliziato.

Mi concentrai su un nome: Gracco Portanova, condannato a trent'anni con uno sconto di dieci. Era l'unico membro della banda detenuto nel carcere di San Vittore. Ex attore generico, ex pugile, iscritto al Partito Fascista Repubblicano dal 16 settembre 1943. Ritenuto l'inventore del metodo della torsione della colonna vertebrale, era soprannominato Porthos, come il moschettiere di Alessandro Dumas, per la poderosa stazza fisica. Dopo aver maciullato la faccia ai prigionieri si divertiva a mostrare qualcuna delle sue "creazioni", come fosse uno scultore. Era stato catturato a Milano il 3 maggio del '45, quattro giorni dopo la morte di Lucio. Forse lui sapeva come erano andate le cose.

Scesi a telefonare a Casarsa e lo pregai di organizzarmi un incontro in carcere con questo Portanova.

Giulio protestò, ma alla fine mi promise che avrebbe fatto il possibile.

Nei giorni successivi cercai di prendere confidenza con la città in cui Lucio era venuto a morire.

Milano, o almeno l'idea di Milano, mi faceva tristezza. La associavo alla scuola, a quando ci facevano imparare a memoria *I promessi sposi*, l'unico romanzo di mia conoscenza che parlasse di una città che per il resto avevo sempre ignorato, avvertendola come lontana, estranea. Quanto ai milanesi che avevo conosciuto sotto le armi, erano degli sbruffoni sempre pronti a darmi del *terùn*. Molto meglio i sardi o i siciliani, teste dure che però, se ti si affezionano, darebbero la vita per te.

In alcune strade si notavano ancora le macerie dei bombardamenti, le facciate dei palazzi rimaste in piedi con niente dietro. I passanti si tenevano alla larga dagli edifici pericolanti. Più di una persona era rimasta vittima di crolli improvvisi. Si vedeva che era stata dura. Non come a Napoli, certo, che aveva subìto più di trecentocinquanta bombardamenti. Qui, almeno, la ricostruzione era già cominciata. Il rumore delle ruspe e delle demolizioni faceva da sottofondo al mio distratto girovagare.

L'estraneità di Milano mi andava benissimo, non mi procurava disagio. Era un'estraneità che sentivo necessaria al mio scopo.

Tre giorni dopo arrivò la telefonata di Giulio Casarsa. Era riuscito a combinarmi un incontro con Portanova per il mattino successivo. Mi mise in guardia da Porthos e mi raccomandò di tenerlo al corrente.

Gracco Portanova non faceva onore alla razza umana.

Mentre in tram mi recavo a San Vittore mi ero preparato a incontrare un duro, uno da prendere con le molle.

E invece da venti minuti avevo davanti a me un ammasso di carne tremolante che non faceva altro che piagnucolare come un animale appena castrato.

Emanava un odore acre, acidulo, che mischiato al tanfo di biancheria sporca lo rendeva inaccostabile. Qualunque cella di isolamento sarebbe stata preferibile al dividere la branda con quel vitello grasso e impaurito.

Porthos aveva una paura fottuta. A San Vittore era detenuto un nutrito numero di ex partigiani condannati per reati comuni. Gente che alla prima occasione non avrebbe esitato a fargli la pelle per vendicare un compagno o un parente che era stato spezzato nel fisico e nello spirito dalle sue manacce pelose di aguzzino.

Ero disposto a capire e ad accettare la paura: chi non ne avrebbe avuta nei suoi maleodoranti panni? Ma trovavo insopportabile, in un uomo che aveva fatto della violenza il suo unico credo, la totale assenza di dignità di fronte alla minaccia che questa volta potesse toccare a lui.

Lo osservavo mentre si tormentava le pellicine intorno alle unghie mangiucchiate. Quelle stesse mani avevano torto colli, frantumato nasi, spaccato denti, incrinato costole. Un uomo così avrebbe potuto pensare a difendersi, a combattere, ma evidentemente era uno di quelli che traggono forza dal senso di impunità, uno di quei maramaldi che colpiscono mentre due compari tengono ferma la vittima. Da pugile doveva essere stato una schiappa. Meglio come attore generico, forse, viste le lacrime che andava spargendo a profusione da quasi mezz'ora.

Non sapevo che il peggio doveva ancora venire. Quando riuscii a chiedergli le informazioni che mi interessavano le lacrime cessarono, ma non i lamenti. E allora mi fu chiaro che quel bestione era davvero dotato per la recitazione: aveva inscenato l'intera pantomima per bussare a soldi…

«Credo di sapere chi può esserti davvero utile» disse, «ma tu capisci, l'unica protezione che ho sono le guardie. E le guardie costano».

«Quanto?».

«Trentamila lire».

Era una cifra esorbitante per le mie tasche. Fui preso da

una rabbia tale che, prima ancora di riuscire a dire qualcosa, abbassò il prezzo.

«Venti, non una lira di meno».

«E chi mi dice che l'informazione vale tanto?».

Il terzo atto della recita si risolse in un sorriso mellifluo e un'alzata di spalle. Per un attimo immaginai l'aguzzino che, come avevo letto nel dossier di Casarsa, durante una retata aveva minacciato la moglie di un latitante comunista di prenderle il bambino in ostaggio. Salvo poi, alla reazione disperata della donna, sorridere sornione e dirle che era solo uno scherzo.

Stava scherzando anche con me? Dovevo credergli?

Decisi di fare come quella donna e di trasformare la mia disperazione in minacce:

«Se mi stai prendendo in giro, la stessa persona che ha organizzato questo colloquio è in grado di farti mettere in cella con un paio di compagni...» mentii.

«Non ti sto coglionando. Puoi fidarti».

Lo fissai in quegli occhi stretti e ravvicinati che mi ricordavano quelli di un cinghiale.

Porthos sostenne il mio sguardo e continuò a sorridere. Sapeva che avrei ceduto.

Immaginai quel suo testone conficcato in uno spiedo, con una carota in bocca. Ma poi dissi:

«Come faccio a consegnarti i soldi?».

Indicò con il mento la guardia alle mie spalle, che era rimasta in piedi ad assistere al colloquio.

«È un camerata. Persona fidata. Quando ti presenterai con il denaro ti consegnerà una busta con dentro il nome di cui hai bisogno».

«Non ho tutti quei soldi. Mi serve tempo».

Alzò tre delle sue enormi dita.

«Tre giorni. Fatteli bastare».

«Dove?».

«Al bar di San Babila. Giovedì alle dieci».

*

Ventimila lire erano davvero una cifra impossibile per me. Per non dare soddisfazione a Portanova e cancellargli il ghigno da maiale dalla faccia non avevo battuto ciglio. Ma non sapevo proprio come fare a procurarmi la somma. I pochi stipendi da sottufficiale che avevo messo da parte erano finiti da un pezzo e come reduce della RSI non godevo di alcun diritto. Provai a telefonare allo studio legale per chiedere un anticipo, ma ottenni come risposta un telegramma in cui venivo licenziato per assenza ingiustificata. A quanto pareva stavo seguendo in tutto e per tutto le orme di mio fratello.

Impegnai il vecchio Longines, l'unico regalo di mio padre, risalente alla prima comunione, e ne ricavai settemila lire.

Prendendo a calci il mio orgoglio chiesi un prestito a Giulio Casarsa.

Ancora una volta brontolò, ma alla fine staccò l'assegno.

Quando promisi di restituirgli la somma entro un anno, ci tenne a precisare che non era il prestito in sé a infastidirlo – in fin dei conti il suo debito con me era ben più alto – ma l'uso che volevo farne. Avrei potuto impiegare quel denaro per cominciare a costruire il mio avvenire. In ogni caso da lui non avrei ottenuto altri favori finché avessi insistito in quella pazzia.

La mattina del 27 maggio mi recai all'appuntamento per lo scambio delle buste.

Fu la guardia carceraria ad avvicinarsi per prima. Era irriconoscibile nell'elegante completo di gabardine di alta sartoria che poco si sposava con lo stipendio da secondino. Con i capelli impomatati e gli occhiali da sole all'ultimo grido sembrava un gigolò.

Volle a tutti i costi che ci sedessimo a un tavolino. Avrei desiderato fare lo scambio e andarmene di corsa, ma dovetti subire la sua conversazione per una decina di minuti, aspettando che si decidesse a farmi un cenno per procedere allo scambio. Invece pagò il conto e mi strinse la mano per congedarsi, godendosi la mia faccia da ebete.

Rimasi seduto al tavolino, confuso. Forse Portanova ci aveva ripensato. Ma allora perché il secondino si era scomodato a venire? Per offrirmi un caffè?

Aspettai un paio di minuti poi, tastandomi la tasca interna della giacca per controllare che la busta gonfia di contanti fosse al sicuro, mi alzai. Sarei tornato a piedi, non volevo rischiare di essere borseggiato sul tram. E ora? Come avrei proseguito la mia indagine?

Mentre scendevo dal marciapiede per attraversare l'incrocio con corso Monforte, una Lancia Aprilia mi si accostò. Lo sportello si aprì. Mi chinai a guardare: era la guardia carceraria.

Montai in macchina. L'emissario di Portanova ripartì prima ancora che avessi chiuso la portiera. Dopo un giro ozioso e molti sguardi del secondino nello specchietto retrovisore ci fermammo in piazza Carbonari. Lì mi chiese di consegnargli i soldi. Di fronte alla mia esitazione sorrise e mi disse di frugare sotto il sedile. Era proprio un burlone. Con la mano sfiorai una busta. Stavo per aprirla ma lui mi bloccò, voleva il denaro. Glielo consegnai. Mentre contava le banconote lessi il messaggio vergato in stampatello, con mano incerta, da Portanova. Un nome, a dir poco originale, e un indirizzo: don Alfonso Leonida Vacca, via Guelfa 12, Greve in Chianti.

Ritenni che non fosse il caso di rivolgermi ancora a Casarsa per ottenere informazioni su questo don Alfonso. Dopo avermi concesso il prestito era stato categorico. Mi venne in mente che forse l'ex questore Manfredini avrebbe potuto essermi d'aiuto.

Come la volta precedente, si rivelò estremamente disponibile. E, a differenza di tutti gli altri, rimase favorevolmente colpito dal mio accanimento. Ci incontrammo sulla stessa panchina del parco Solari, anche se questa volta aveva lasciato a casa il cocker.

«La sua determinazione è ammirevole. Doveva avere un rapporto speciale con suo fratello. È bello sapere che esistono ancora giovani del suo temperamento».

«Mi perdoni, signor questore, non è di complimenti che ho bisogno ma di informazioni».

«Certo, certo. Questo don Alfonso Vacca era un monaco benedettino, se non vado errato. Furono proprio Lucio e gli altri infiltrati a segnalarmelo. Un tipo scaltro, abile. Molto abile: si allontanò dal Reparto un mese prima che riuscissimo a scioglierlo. Un tempismo perfetto. Però non mi stupirebbe se avesse mantenuto i contatti con altri membri della banda».

«Che ruolo aveva nel Reparto?».

«Era una figura apparentemente defilata. Non si mise mai in vista come fecero Koch con le sue smargiassate o Trinca Armati con l'abuso della tortura, o come quei due attori, Osvaldo Valenti e la Ferida. Ma ho ragione di credere che fosse uno degli elementi più in gamba. Deve avere avuto un ruolo decisivo nelle operazioni di polizia più importanti. Purtroppo contro di lui non riuscimmo ad acquisire prove incontrovertibili».

«E non ci sono riuscite nemmeno le attuali autorità se, come pare, non ha scontato un solo giorno di carcere».

«Eh già».

Fissò lo sguardo su una coppia di innamorati che si baciavano con passione, appoggiati al tronco di un platano.

«Devono volersi molto bene. O è solo gioventù?» commentò senza forzare la nota d'ironia da poliziotto, e uomo, d'altri tempi.

La pausa gli era servita a rinverdire la memoria.

«Lucio mi raccontò che questo strano tipo di monaco era

stato arruolato forzatamente, con l'arma del ricatto. Gli avevano trovato un fascio di lettere galanti indirizzate a una giovane fanciulla. Poi però si era inserito bene nel Reparto. Pare che avesse l'abitudine di sedersi al pianoforte per coprire le urla disumane dei torturati, strimpellando canzoni napoletane o l'*Incompiuta* di Schubert. Quando le sevizie non riuscivano a scucire la bocca degli interrogati, usava una tecnica che la dice lunga sulla sua vocazione religiosa: induceva alla confessione garantendo il segreto del sacramento. Se il poveretto, per ingenuità o disperazione, abboccava, il buon prete riferiva tutto a Koch».

Rabbrividii. Mi domandai come avesse fatto Lucio a frequentare per mesi e mesi quella feccia. Possibile che non avesse trovato altro modo per servire la sua Idea?

«È incredibile che un simile individuo giri a piede libero, sempre che l'informazione fornitale da...».

«Gracco Portanova».

«...sia veritiera».

«Non avevo scelta».

«Al contrario. Lei ha scelto e, se può servirle a qualcosa il giudizio di un vecchio poliziotto in pensione, io l'ammiro per questo».

«Grazie».

«E... posso chiederle come è riuscito a ottenere un colloquio con questo Portanova?».

«Se n'è interessato un mio vecchio commilitone della Russia, il capitano dei carabinieri Giulio Casarsa».

«Ah, si è rivolto alla concorrenza...» scherzò. «E quando ha intenzione di partire?».

«Subito».

«Avrà bisogno di denaro...».

«No, no» mentii, «sono a posto».

Tirò fuori dalla tasca interna della giacca una busta e me la porse.

«Non posso accettare» mi schermii.

«La prego. In nome di suo fratello».

Mi commossi. Pensai che avrei voluto avere un padre come lui.

Presi la busta e la infilai in tasca.

Ci alzammo dalla panchina e ci stringemmo a lungo la mano.

«Ancora una cosa» mi disse. «Questo don Alfonso fu sospeso *a divinis* e poi espulso dall'ordine benedettino, il che significa che non è più protetto dalla santità della tonaca. Glielo dico solo in caso che l'incontro con lui si riveli più... movimentato del dovuto».

«Ho capito. Grazie ancora».

«Di niente. E per quello che posso, conti pure su di me».

Indugiai qualche istante per vederlo allontanarsi lungo il viale alberato.

Anche di spalle era un uomo che aveva salvaguardato la sua dignità.

Capitolo quinto

Don Alfonso Leonida Vacca si era scelto un bel posto per nascondersi: Greve, un borgo medievale addossato su un colle da cui si poteva godere un paesaggio di struggente dolcezza.

Superati i portici della piazza principale mi inoltrai in una stradina in salita lunga e stretta, finché incrociai via Guelfa. Girai a sinistra e dopo una decina di passi mi ritrovai davanti a un palazzotto basso, con la facciata a bugnato rustico. Era il numero 12. Da una stretta finestra provenivano delle note incerte di pianoforte che ricordavano vagamente la sonata *Per Elisa* di Beethoven.

Rabbrividii al pensiero di quello che mi aveva raccontato il questore Manfredini.

Appena suonai il campanello la musica si interruppe e un uomo si affacciò alla finestra.

Arretrando di un paio di passi mi feci vedere. Chiesi di don Alfonso.

«Venga su, il portone è aperto».

La finestra si richiuse e la musica riprese: scale eseguite da una mano inesperta.

Il portoncino si aprì con una leggera spinta. Dei gradini alti e ripidi mi condussero alla porta di casa, che si aprì prima ancora che potessi bussare. Sulla soglia apparve un uomo sui trent'anni, capelli mossi, scuri, tenuti in ordine da un taglio recente, occhiali tondi da intellettuale, giacca e camicia grigia: l'aspetto era quello di un seminarista un po' attempato.

«Ha bisogno di prendere ripetizioni?».

«In verità sono venuto per mio fratello, Lucio Amitrano».

«Aspetti qui».

Richiuse la porta, lasciandomi interdetto sull'angusto pianerottolo. Non aveva mostrato nessuna particolare reazione.

Dopo una breve attesa la porta si aprì di nuovo e l'ex prete riapparve in compagnia di una ragazza di non più di quindici anni, capelli color miele e occhi verdi, qualche lentiggine sul naso perfetto. Ricordava la Venere del Botticelli. Indossava la divisa di uno di quegli istituti scolastici gestiti dalle suore: camicia bianca, cravatta e un kilt di foggia scozzese lungo fino al ginocchio. Sotto il braccio stringeva uno spartito. Sgusciò via evitando di guardarmi, intimidita dall'improvvisa interruzione.

Don Alfonso, al contrario, non mi staccò gli occhi di dosso, forse per scrutare il mio grado di sensibilità alla bellezza di quella fanciulla in fiore.

Lasciai sfilare la ragazza evitando con una torsione di sfiorarla, impresa non facile dato lo spazio ristretto.

Appena l'allieva chiuse il portoncino don Alfonso cambiò espressione e, senza nascondere un certo fastidio, mi chiese a bruciapelo:

«Chi l'ha indirizzata a me?».

«Gracco Portanova».

Strizzò gli occhi.

«Faccia vedere i documenti».

L'aveva detto con un tono da questurino.

Gli consegnai la carta d'identità, e nel tentativo di tranquillizzarlo aggiunsi una mia foto in divisa da guardia nazionale repubblicana e il certificato di morte di mio fratello.

Esaminò il documento con occhio clinico per un tempo che mi sembrò esagerato. Probabilmente era una tecnica acquisita negli anni passati al Reparto speciale. Mi sentii come un contrabbandiere trattenuto per un controllo alla dogana. La soglia della sua porta era la frontiera. Dipendeva da lui poterla varcare oppure no.

Senza emettere un verdetto mi restituì la foto e il certificato di morte, ma trattenne la carta d'identità. Chiuse di nuovo la porta.

Seccato, stavo per bussare quando sentii la sua voce provenire dall'interno. Dal tono capii che stava parlando al telefono, ma non riuscii a decifrare il senso della conversazione.

Quando riaprì la porta un sorriso mite, da bonario benedettino, aveva sostituito il piglio corrucciato da sbirro.

«Prego, si accomodi».

Si fece da parte, consentendomi di entrare.

Mi fece strada fino a uno studio arredato con sobria eleganza. Un pianoforte verticale, ricoperto da pile di spartiti musicali, era appoggiato alla parete accanto alla porta.

Sul lato opposto, una libreria in noce ospitava pochi libri rilegati: la maggior parte dello spazio era infatti occupata da faldoni portadocumenti del tipo usato in questura e negli studi legali. Al centro della stanza campeggiava un massiccio leggìo da chiesa su cui era appoggiato un ponderoso messale.

Don Alfonso mi restituì con un inchino la carta d'identità e mi indicò una poltrona in pelle rossiccia. Mentre mi sedevo si diresse al pianoforte e accennò con una certa perizia un fraseggio, quindi stese un panno di feltro verde sulla tastiera e richiuse lo strumento.

«Schubert?» domandai con studiato candore.

Sorrise, come solo i preti sanno sorridere:

«Le piace Schubert?».

«Preferisco le canzoni napoletane».

Venne a sedersi di fronte a me, su una poltrona gemella divisa dalla mia da un tavolino basso.

Versò del tè da una teiera di porcellana.

«Dovrebbe essere ancora caldo».

Mentre girava il cucchiaino per far sciogliere lo zucchero non mi staccò gli occhi di dosso per un solo istante.

«Cominciamo?» domandò come se si trattasse di una delle sue lezioni private.

«Cominciamo...?» ripetei con una sfumatura di incertezza.

«Lei è qui per farmi delle domande, no? Bene. Cominciamo».

«Potrei sapere a chi ha telefonato prima?».

Sorrise ancora:

«Una semplice verifica. Ho ancora degli amici in questura».

Era un bluff o un'ostentazione di potere? Quell'uomo mi dava sui nervi. Spettava a me interrogarlo eppure era lui che dettava le regole. Capii che per ottenere qualcosa avrei dovuto fare atto di sottomissione. I preti, anche se ex, amano questo genere di genuflessione.

«Forse sono partito con il piede sbagliato. Sto cercando di raccogliere testimonianze su mio fratello, sulla sua attività nel Reparto speciale di polizia comandato dal dottor Koch e in particolare sulla sua... scomparsa».

«Perché?».

«Perché gli ero molto legato e so poco sulla sua attività tra il novembre del '43 e il 29 aprile del '45, giorno in cui fu ucciso. In quel periodo ero impegnato in Piemonte, nella Guardia repubblicana».

«Ve la siete vista brutta anche voi, eh?».

Improvvisamente non era più il prete mellifluo che versava il tè con il mignolo alzato, e nemmeno il cane da tartufo pronto ad annusarti le parti intime. Era tornato a essere un camerata, un vecchio compagno d'armi desideroso di condividere i ricordi di una cocente sconfitta. Ma stava anche fornendomi un chiaro esempio della sua tecnica di interrogatorio: condividere per carpire informazioni, senza offrire niente in cambio.

Cercai di essere laconico:

«Tutti i miei camerati sono morti».

Mi fissò, scrutandomi attraverso le lenti tonde. Non sembrò soddisfatto.

«E lei come si è salvato?».

«È una storia lunga».

«Me la racconti. Per oggi non ho più lezioni».

«Avevo una relazione segreta con una ragazza» sospirai, «una staffetta partigiana».

«E come facevate a incontrarvi?».

«Per stare insieme la facevo arrestare».

Annuì divertito.

«All'ultimo momento convinse i suoi compagni a risparmiarmi. Ho visto fucilare i miei camerati mentre mi portavano via».

«Sarebbero morti comunque» commentò, lasciandosi andare sullo schienale della poltrona. «E tu con loro. Il Signore ha voluto così. Cerca di far tesoro del dono che hai ricevuto. Era bella?».

«Sì, molto» risposi chinando il capo per l'imbarazzo.

«Ah, le donne... Eterna fonte di tentazione, che costò all'uomo la prima condanna senza appello».

Chiuse gli occhi e bisbigliò qualcosa in latino, tracciando in aria il segno della croce.

Evitai di ricordargli che non era più un prete.

Quando tornò a guardarmi mi rivolse un caldo sorriso, e con il tono spensierato di chi mette a punto i dettagli di una gita diede un'ulteriore virata al nostro incontro.

«Bene» disse, buttando fuori il fiato, «immagino che ora tocchi a me. Ti dirò tutto quello che so su tuo fratello. Ma ti avverto, sarà un racconto lungo. Tuo fratello e io ne abbiamo fatte di cose insieme!».

Don Alfonso aveva notato Lucio per la prima volta a Roma, in occasione dell'irruzione nella basilica di San Paolo, un'operazione molto delicata perché la basilica si trovava sotto la giurisdizione vaticana ed era protetta dall'extraterritorialità. Un informatore del Reparto aveva segnalato la presenza di materiale bellico nell'area della basilica, ma si sapeva da tempo che quasi tutti gli istituti religiosi nascondevano molti esponenti dell'antifascismo: generali badogliani, professori universitari, ebrei facoltosi, aristocratici dissidenti. La faccenda era nota ai tedeschi, che però fingevano di ignorarla per tenersi aperta una possibilità qualora la situazione fosse precipitata. Ma per la polizia fascista era diverso: tutte quelle chiese e conventi che ospitavano traditori e capi partigiani costituivano un affronto, una presa in giro inaccettabile.

Fu un'operazione in grande stile, proseguì don Alfonso, che impegnò venti uomini del Reparto, ottanta agenti di Pubblica Sicurezza e una decina di automezzi. Allo scoccare della mezzanotte del 4 febbraio del '44 don Alfonso attirò l'attenzione delle guardie svizzere urlando che era un povero prete inseguito dai nazisti. Il trucco funzionò. Appena il cancello si aprì Koch e gli altri fecero irruzione senza incontrare resistenza. Dalla perquisizione saltò fuori un vero e proprio arsenale: riserve di benzina, munizioni, viveri, autocarri. Ben più movimentata fu la caccia agli imboscati. Tutti quei sindacalisti, ammiragli e pezzi grossi del CLN erano travestiti da prelati e non fu semplice individuarli in mezzo alle decine di sacerdoti e seminaristi che vivevano nell'area residenziale della basilica.

Koch e altri dirigenti avevano già iniziato a menare le mani alla cieca, rischiando in questo modo di aggravare l'incidente diplomatico che in ogni caso sarebbe scoppiato. La Santa Sede avrebbe tuonato e i tedeschi non avrebbero gradito. Fu a quel punto che a don Alfonso, ispirato dal Signore, venne un'idea: sottoporre i prelati sospetti a un esame di latino ecclesiastico. Si mise a interrogarli sui versetti del breviario, smascherandoli come scolaretti colti in fallo. Un generale dell'aviazione ebbe persino la faccia tosta di protestare, invocando il dieci in latino che aveva conseguito all'esame di maturità.

«Dovevi sentirlo mentre mescolava Cicerone e Seneca per improvvisare la prima lettera di San Paolo ai Corinzi!».

Non mi sfuggì la finezza di avere citato San Paolo nella sua basilica. Quello scomunicato era di una scaltrezza demoniaca. C'era forse da stupirsi che se la fosse cavata meglio dei suoi colleghi?

Non potei negargli un sorriso di ammirazione, ma subito dopo lo pregai di arrivare a Lucio.

«Hai ragione, sto divagando. Ma sai, in questi anni di esilio non ho mai avuto modo di parlare liberamente».

«Sì, capisco».

«Alla fine furono effettuati più di sessanta arresti. Ma ci volle l'intera notte per completare il rastrellamento. I ricercati scappavano da tutte le parti. Uno fu trovato nella camera mortuaria che fingeva di essere passato a miglior vita. Ci pensò Koch a resuscitarlo. Volarono calci e pugni, nella cappella, in chiesa, persino in presenza del padre superiore. E qui entrò in gioco Lucio. Si era aggregato alla spedizione per conto di un giornale finanziato dalla federazione romana del partito. Durante una colluttazione si era accorto di un tenente di pubblica sicurezza, un certo Maurizio Giglio, che stava fotografando i momenti più duri del pestaggio. Le foto, in effetti, erano previste, ma al semplice scopo di immortalare i generali travestiti da frati e sottoporli alla disapprovazione popolare. Gli scatti di Giglio, al contrario, potevano sortire l'effetto opposto in termini di propaganda. Intercettato da Lucio, Giglio si era giustificato dicendo che aveva fatto qualche scatto solo per ricordo. Koch finse di credergli, ma nei giorni successivi ordinò di tenerlo d'occhio e coinvolse Lucio nell'operazione, arruolandolo di fatto nel Reparto.

«Per settimane Lucio studiò i movimenti di Giglio, finché non saltò fuori che era una spia badogliana in contatto con l'OSS, il servizio segreto americano.

«Grazie alla sua copertura di ufficiale di polizia, agiva indisturbato trasmettendo informazioni da una radio nascosta su un barcone ormeggiato sul Tevere, che nei mesi estivi era utilizzato come circolo di canottaggio mentre d'inverno veniva affittato per i convegni amorosi degli omosessuali. Il custode arrotondava lo stipendio chiudendo un occhio su quello che succedeva nelle cabine. Credeva che Giglio e l'operatore della ricetrasmittente fossero una coppia di invertiti.

«Giglio fu arrestato. La radio Indianapolis, di fabbricazione americana, e il cifrario di cui si serviva vennero sequestrati e decriptati. Grazie a un codice piuttosto rudimentale, per settimane Giglio aveva segnalato gli spostamenti notturni delle truppe tedesche da Roma a Cassino e svelato agli americani che nei laboratori di falegnameria di Cinecittà venivano costruiti un gran numero di carri armati e cannoni in legno, allo scopo di ingannare i ricognitori alleati sul reale dispiegamento di forze dei tedeschi. A quel punto Koch era intenzionato a scoprire i nomi degli altri agenti collegati all'OSS».

Don Alfonso si concesse una pausa. Chiuse ancora gli occhi, come un concertista alla ricerca della giusta ispirazione prima di lanciarsi nell'assolo finale.

«Giglio si rifiutò di parlare. E allora si rese necessaria l'adozione di un mezzo più forte. Nel Reparto c'erano alcuni elementi animati da una particolare passione politica. Ne ricordo tre in particolare: Giuseppe Duca Masè, Giorgio Mattesich e Niccolò Novack, tutti originari di Zara. Li chiamavamo i Dalmati. Avevano dovuto lasciare la casa e la famiglia in seguito all'occupazione comunista. Erano animati da un rancore che li rendeva brutali, per via delle persecuzioni subìte dai loro familiari. Fu a loro che Koch affidò l'interrogatorio di Maurizio Giglio, il traditore che si era messo al servizio del nemico. Lo interrogarono per giorni e giorni. Quando glielo strappammo dalle mani Giglio non aveva più connotati. Ma non parlò. Per il suo coraggio si guadagnò il rispetto di tutto il Reparto. Dopo aver assistito a decine di interrogatori ho potuto constatare che il dolore stesso diventa un anestetico quando supera un certo limite. Credo che si raggiunga una sorta di... estasi. Rifiutò anche i sacramenti e di questo fui molto dispiaciuto. Quando fu evidente che non sarebbe riuscito a stroncare la rete spionistica dell'OSS, Koch incluse Giglio nella lista di quelli destinati alla rappresaglia delle Fosse Ardeatine. Lucio ne fu rattristato. Intendiamoci, tuo fratello non può essere ritenuto responsabile. Lui aveva svolto brillantemente un delicato incarico di intelligence».

La sua insinuazione mi si piantò nel cervello come un chiodo. Le orecchie cominciarono a ronzare. Una corda invisibile dentro di me stava per spezzarsi.

Don Alfonso se ne accorse. Doveva avere un sesto senso per certe cose, una sorta di metronomo interiore che gli permetteva di regolare il ritmo delle emozioni altrui.

«È una bella serata» disse guardando fuori della finestra. «Ti va di fare due passi?».

Gli fui grato per aver allentato la corda.

Mentre camminavamo sull'acciottolato del borgo medievale divenne più ciarliero:

«Sai che ero un po' geloso di Lucio? Fino all'arresto di Giglio ero io la punta di diamante del Reparto. Lucio mi aveva scalzato dal podio. Del resto Koch era fatto così, aveva slanci improvvisi, discontinui. Per lui il Reparto era una grande famiglia, ma a Lucio si affezionò in modo particolare. Per un periodo furono inseparabili, Lucio con l'elegante vestito blu e quell'aria sempre un po' severa. Koch più fatuo, con i capelli impomatati e i baffetti ben curati, mai in disordine, nemmeno in mezzo a una sparatoria. Anche dopo un lungo interrogatorio sembrava pronto a uscire con una diva del cinema. Merito del sangue tedesco che gli scorreva nelle vene. Se le cose fossero andate diversamente avrebbe fatto una splendida carriera. Per lui l'insuccesso era... immorale. È così che diceva: immorale. "A cose finite, io farò il ministro e tu il sottosegretario", prometteva a Lucio in continuazione. A Roma Koch si sentiva il re della città. Pasteggiava nei migliori ristoranti, parlava a tu per tu con Kesselring, Rahn, Maeltzer, Kappler. La porta dei ministri fascisti era sempre aperta per lui. Non si fermava mai e pretendeva lo stesso da noi.

«Hanno detto tante cose sulla famigerata banda Koch, che facevamo uso di cocaina, che mangiavamo a sbafo nei migliori ristoranti. Non hanno detto, però, che i nostri ritmi di lavoro erano infernali. Gli arresti all'alba, gli interrogatori di notte. Alla lunga, in qualche modo dovevi sostenerti. Certo, qualcuno esagerava. Ma Lucio no. Era fin troppo morigerato, lui: non assumeva droga, diceva che non ne aveva bisogno perché soffriva d'insonnia. Beveva acqua e limone, mangiava poco. Aveva in sé qualcosa di ascetico, ed era l'unico a tenere testa al capo. I loro duetti erano famosi. Una volta, in un caffè, Lucio aveva salutato un redattore del *Messaggero* che Koch, un attimo dopo, aveva fatto arrestare per i suoi articoli disfattisti. "Perché hai salutato quell'uomo?", lo rimproverò Koch. Scherzava, ma fino a un certo punto. "Sono tenuto a rispondere?". "Sai che potrei farti arrestare?". "Per aver salutato un uomo?". "Per aver salutato l'uomo sbagliato"».

Don Alfonso sorrise, intenerito.

«Un'altra volta, Lucio stava leggendo sul giornale che il governo aveva introdotto l'orario di lavoro continuato. Era amareggiato. Disse che era stata una delle sue battaglie perse. Koch ne approfittò per prenderlo in giro: per lui erano solo fregnacce. "La modernità passa anche per queste conquiste sociali", fece Lucio che, a dire la verità, certe volte era un po' pedante. "Mi piacerebbe che Hitler si sbrigasse a tirar fuori le armi segrete, è questa la modernità che mi piace:

un'unica bomba che manda per aria Londra! Se l'avessimo avuta in Russia invece di quel cazzo di moschetto '91 i rossi non ci avrebbero preso a calci nel culo". "Attento, potrei denunciarti come disfattista...". Si divertivano molto con il tormentone delle denunce. "Peccato che la denuncia devi presentarla a me... Lascia perdere quel giornale! Non ti serve per sapere come stanno veramente le cose. E tanto per chiudere la faccenda della modernità, vuoi sapere chi ha inventato il carro armato? Winston Churchill. Svegliati, ragazzo!". Koch voleva sempre l'ultima battuta.

«Quella volta, però, a Lucio scappò un sorriso. È stata una delle rare volte che l'ho visto sorridere. Peccato, gli donava».

Evitai il suo sguardo indagatore.

«A parte queste scaramucce» proseguì don Alfonso, «Koch lo teneva in palmo di mano. A causa della malattia agli occhi gli aveva vietato le operazioni sul campo – "Non c'hai il fisico" gli diceva – ma lo assegnò all'Ufficio investigativo, con compiti speciali e uno stipendio da dirigente».

Tra l'estate e l'autunno del '44 nella sola Milano c'erano venti polizie. Don Alfonso me ne elencò una decina: la Ettore Muti, l'Ufficio speciale di polizia antifascista, l'Ufficio di polizia antifascista, il Nucleo di polizia autonomo, l'Ispettorato speciale di polizia antipartigiana, l'Ufficio politico investigativo, il Centro del servizio informazioni difesa RSI, il Servizio di polizia speciale, il Centro di spionaggio fascista, l'Ufficio investigativo del Gruppo rionale fascista Mussolini di Porta Volta. Ogni nucleo era autonomo dagli altri. E tutti avevano gli stessi poteri. Si facevano concorrenza gettando discredito gli uni addosso agli altri.

Koch non era più il re della città ma continuava a comportarsi come tale. Per farlo doveva dimostrare di essere il più efficiente e il più affidabile. Indirizzò l'attività del Reparto contro le fronde interne al fascismo, vere o false che fossero. Ne nacque una vera guerra tra bande. Lucio non era d'accordo con questa impostazione. Avrebbe voluto concentrare tutti gli sforzi contro le organizzazioni partigiane. Fu da quel momento che Koch non si fidò più di lui. Lo fece pedinare e scoprì che si era messo al servizio della questura, con l'incarico di raccogliere prove su presunti comportamenti illeciti del Reparto, che infatti poco dopo fu sciolto d'autorità. Koch e gli altri finirono a San Vittore.

«Tutti tranne Lucio, naturalmente» ironizzò l'ex prete. «Ma io queste cose le so per sentito dire, perché un mese prima la voce del Signore mi aveva suggerito di chiedere il trasferimento a Trieste come cappellano militare presso la 58ª Legione».

«Quindi secondo lei Lucio era un traditore?».

«*Ingratus est qui beneficium accepisse se negat. Ingratissimus omnium, qui oblitus est*. Ingrato è colui che nega di aver ricevuto un beneficio. Ma il più ingrato di tutti è chi se ne dimentica. Seneca.

«Lucio avrà avuto le sue ragioni, forse credeva ancora in un'autorità che nel frattempo si era dissolta. Credeva nel Duce che però, dopo il tradimento del 25 luglio, vedeva complotti dappertutto e usava venti polizie per controllare i controllori. Oppure aveva cercato di rimanere a galla, come poi abbiamo fatto tutti. Resta il fatto che Koch lo aveva raccolto in mezzo a una strada e che per lui era stato come un fratello maggiore».

«Lucio ce l'aveva già un fratello».

Mi guardò con commiserazione.

«C'è un'età in cui gli amici sono necessari per allontanarsi dai parenti che ti hanno deluso. Poi, in un modo o in un altro, anche gli amici ti deludono. E allora torni dai familiari. Se tuo fratello fosse ancora vivo, probabilmente sarebbe tornato da te. Purtroppo non ne ha avuto modo. La vita può essere molto crudele».

Cercai di ignorarlo.

«Fino a quando Koch e gli altri arrestati rimasero in prigione?».

«Fino al 25 aprile del '45. I tedeschi si ricordarono di loro e aprirono le gabbie per evitargli il linciaggio».

«Quindi il 29 aprile erano a piede libero».

«Quelli che scamparono ai partigiani, sì».

«Anche Koch?».

«Anche lui. Si tinse i capelli di biondo e riuscì a raggiungere Firenze, dove però si fece beccare per colpa della sua bella, Tamara Cerri».

«Allora... lui o qualcun altro del Reparto potrebbero aver ucciso Lucio, per vendetta».

«Come ho detto, ero a Trieste e cercavo di sfuggire ai partigiani di Tito».

Eravamo giunti in una piazza dall'insolita forma triangolare. Don Alfonso indugiò davanti alla statua di Giovanni da Verrazzano, il grande navigatore che scoprì la baia di New York. Ignoravo che fosse nato in quel paesino sulle colline del Chianti.

«Cosa può aver spinto il discendente di un piccolo nobilotto delle colline del Chianti a intraprendere l'arte della navigazione? Irrequietezza? Noia? Una delusione amorosa? Una sfrenata fantasia? La sete di conoscenza? O l'avidità, visto che fu proprio lui a depredare i galeoni di Cortés carichi dell'oro azteco destinato a Carlo V?».

Di nuovo lo ignorai, ossessionato da un unico pensiero.

«Lei sa chi può essere stato. Non sarà rimasto in contatto solo con Gracco Portanova».

«Qual è il tuo scopo? La vendetta?».

Evitai di rispondere.

Sorrise.

«Qualcuno c'è. Ettore Malagigi».

«Quello che prima stava con i gappisti?».

«Sì, ma poi era diventato un fedelissimo di Koch. È latitante dal '45. Vive ancora a Milano e si fa chiamare Alfio Toschi. Gestisce l'osteria dei Due Ladroni, sui Navigli».

Sull'altro lato della piazza un gruppo di ragazzi giocava a palla avvelenata. Tra loro riconobbi la ninfetta cui don Alfonso impartiva lezioni di pianoforte. Mentre correva per evitare di essere colpita dalla palla, inciampò e cadde in avanti, sbucciandosi un ginocchio.

Guardandola mentre, seduta a terra con la gamba piegata, si soffiava sulla ferita, don Alfonso mi rivolse le ultime parole: «In passato mi sono diviso tra due fedi e ha prevalso quella che più si confaceva alla mia giovane età. Ho peccato. Molto. Ma ringrazio il buon Dio per avermi dato la possibilità di riparare ai miei errori. Oggi il mio scopo è rivolto esclusivamente a loro. I ragazzi. La mia missione è guidarli lungo quella via da cui io ho deviato. Non potendo farlo attraverso il catechismo, mi adopero con la musica che è quanto di più vicino a Dio l'uomo abbia inventato. A questo dedicherò gli anni che mi restano da vivere».

Lo vidi attraversare la piazza. Aiutò la ragazza a rialzarsi e la condusse per mano a una fontanella. Le si inginocchiò davanti per lavarle la ferita. Si girò e mi rivolse un sorriso mentre indugiava un attimo di troppo sulla gamba della ragazza. Avrei preferito che si fosse fatta male a una mano.

Dopo avere percorso in corriera i trenta chilometri tra Greve e Firenze salii sul primo treno in partenza per Milano.

Il treno era affollato, ma riuscii a trovare posto in uno scompartimento occupato da una donna con il suo bambino, un'anziana coppia che giocava a carte e un signore distinto in panciotto e papillon che mi ricordò il mio professore di matematica, uno che amava ripetere che nella vita occorrono pochi concetti, ma chiari.

Appena ci mettemmo in moto appoggiai la fronte al finestrino. Nella mia testa una frase ossessiva si fuse al ritmo cadenzato del treno: «Non gli serviva un fratello minore, gli serviva un fratello maggiore. Non gli serviva un fratello minore, gli serviva un fratello maggiore...».

Scivolai nel sonno.

Una casa chiusa. Velluti rossi. Lampade rosse. Uomini fumano, in attesa, e osservano eccitati ragazze mezze nude, coperte solo di veli trasparenti. Ce n'è una che si chiama Giglio.

Un urlo da una porta chiusa.

La maîtresse dice: «Alcuni ci mettono un po'. Sono quelli che mi piacciono di più. Hanno gli attributi».

La porta si apre. È Lucio. È sporco di sangue.

Si siede vicino a me, ma non mi riconosce.

Addenta una fettina di limone. Il succo gli scorre sul mento.

Dice a Giglio: «La prossima sei tu».

La ragazza mi guarda, sensuale.

«E tu? Sei nuovo?» mi dice Lucio.

Un altro urlo.

E Lucio: «Oh, ce l'ha fatta finalmente».

Mi giro. Sulla porta c'è Koch, ma ha la faccia di don Alfonso.

Dice rivolto a Lucio: «L'insuccesso è immorale, fratellino».

Urlo.

L'uomo col papillon mi stava scuotendo per un braccio.

«Signore, signore».

Lo fissai senza capire.

«Ha urlato nel sonno. Il bambino si è spaventato».

Gli altri passeggeri mi osservavano imbarazzati. Il bambino stringeva il braccio della madre.

Balbettai delle scuse e uscii dallo scompartimento.

Aprii un finestrino del corridoio. Avevo bisogno di aria.

Mentre dormivo il treno doveva aver superato Bologna. Il monotono paesaggio padano scorreva ipnotico. Il sogno mi aveva scombussolato, ma quel pensiero fisso mi era rimasto inchiodato nella mente: Lucio non sapeva che farsene di un fratello minore.

Tutte le mie scelte, le decisioni più importanti le avevo prese in nome di mio fratello. Un poeta ha detto che sei innocente quando sogni, ma nel mio caso il tentativo di assecondare il sogno di Lucio mi aveva reso complice di una storia intrisa di sangue. Dopo il nostro incontro a Roma ero tornato al Nord, a Novara, per unirmi al vecchio battaglione. Di lì ero stato aggregato al presidio di Valle Mosso, nel Biellese, dove presi le consegne dal capitano Miccichè, un ragazzone alto e grosso che pensava solo alla pallacanestro. Mi aveva descritto un quadro idilliaco: ottimi rapporti con la cittadinanza, nessun pericolo reale dai partigiani.

E in effetti i primi mesi sembrarono confermare la mia personale asintonia con la guerra.

Avevamo requisito una scuola materna, una palazzina bassa che circondammo con il filo spinato. Una circolare firmata dal maresciallo Graziani, capo delle forze armate della RSI, disponeva di non far entrare nel presidio più di una persona alla volta, con le mani in alto, e vietava a gruppi di individui e automezzi di sostare davanti al portone. Nessuno, nemmeno una persona conosciuta, poteva essere accompagnata da estranei. In pratica mi ero trasferito in Piemonte per barricarmi in un fortino, alla faccia degli ottimi rapporti con la popolazione.

I miei militi erano disorientati. Molti avevano firmato il modulo di arruolamento senza neppure leggerlo. Altri erano stati addestrati in Germania per "la guerra grossa" e, oltre ad aver accumulato rancore contro gli istruttori tedeschi, non sapevano come affrontare la guerriglia partigiana. Per loro i ribelli erano dei gruppi sparsi da evitare finché possibile.

Il grosso del lavoro era burocratico: concedere i permessi per il coprifuoco agli operai in straordinario, verificare qualche delazione che il più delle volte nasceva da risentimenti personali, cattivo vicinato, persino liti in famiglia.

Nell'arco di quattro mesi l'unico pericolo lo avevamo corso in macchina una sera in cui tornavamo da un controllo di routine. Io ero alla guida e cercavo di insegnare una canzone in voga in quegli anni, *Il pinguino innamorato*, a Fagnola Italo e Fagnola Angelo, due fratelli di origine bengasina che mi si erano particolarmente affezionati. Da una stradina di campagna era sbucato all'improvviso un carretto tirato da un ronzino. Frenai ma la Lancia non rispose e cominciò a slittare paurosamente sull'asfalto umido della sera. Fu Fagnola Angelo a tirare il freno a mano. L'auto si cappottò e dopo due o tre giravolte scivolò ai lati di un fossato, rimanendo in posizione capovolta.

Intontiti, provammo a forzare le portiere, che però erano bloccate. Ci pensò Fagnola Italo a sfondare un finestrino con una testata, colpo in cui era specialista. Uscimmo strisciando e, dopo esserci accertati che nessuno si fosse ferito seriamente, ci prendemmo sottobraccio e proseguimmo a piedi cantando a squarciagola "*A noi la morte non ci fa paura, no!*" sotto gli occhi esterrefatti del vecchio contadino che non era nemmeno sceso dal carretto.

Poi, un giorno di ottobre, arrivò il sergente Furini.

Per ammazzare la noia del presidio i miei militi stavano facendo il tiro al bersaglio con delle bottiglie di vetro. La sagoma di Furini si stagliò, gigantesca, tra i fucili e i bersagli. Imbracciava la sua personale preda di guerra, un mitra Thompson di fabbricazione americana, col caricatore tondo che faceva molto "Nemico pubblico numero uno". Portava i pantaloni infilati negli stivali e sotto la giacca della divisa, al posto della camicia, una tuta chiusa fino al collo da una cerniera lampo. Due cartucciere piene di proiettili formavano una X sul petto, alla maniera di Pancho Villa.

Si piantò a gambe divaricate contro i moschetti dei miei uomini, senza fissare nessuno in particolare. Capii subito che non portava con sé soltanto il suo Thompson. Portava ordini. Portava odio. Tempesta. Morte.

Il suo arrivo segnò un brusco cambiamento. Il governo della RSI aveva deciso, sotto la pressione dei tedeschi, di far rispettare la chiamata alle armi che, pur essendo stata bandita nel maggio del '44, per tutta l'estate nessuno si era dato pena di applicare alla lettera. Dovemmo affiggere un nuovo bando in cui si lanciava un ultimatum: i renitenti alla leva sarebbero stati arrestati e passati per le armi come disertori mediante fucilazione nella schiena. Per i loro familiari era previsto l'arresto.

Fu una scelta sbagliata, che finì per infoltire le fila dei partigiani.

Cominciò l'inverno dei rastrellamenti, un inverno di sangue e fango. Non eravamo più soldati, ma poliziotti. E poliziotti inesperti. Fui costretto ad affidarmi all'esperienza di Furini che aveva fatto lo squadrista, conosceva i posti e soprattutto i metodi da utilizzare. Mi era necessario, e lui lo sapeva.

Ci fu un attentato: due motociclisti tedeschi erano stati uccisi in un'imboscata dei partigiani, che avevano teso un cavo d'acciaio lungo la provinciale: il caporale alla guida della moto era rimasto decapitato e l'altro, caduto sul ciglio della strada, era stato finito a colpi di pistola.

Furini disponeva di una rete di informatori che in pochi giorni individuò in un piccolo paesino di montagna la base e il nascondiglio degli autori dell'attentato.

Nei mesi precedenti avevo imparato a diffidare dei delatori, spesso motivati soltanto da vendette personali o da interessi economici. Ma il capitano Baumgarten, che comandava la compagnia incaricata della rappresaglia, non volle sentire ragioni. Furini suggerì di far indossare ai due delatori le divise tedesche, in modo da diminuire il rischio che qualcuno li riconoscesse.

Arrivammo sul posto dopo tre ore di cammino in mezzo ai boschi. Circondammo il paese, un villaggio di un centinaio di abitanti, per lo più donne, vecchi e bambini.

Baumgarten urlò un ordine in tedesco e cinque uomini delle Waffen-SS cominciarono a dare fuoco alle case con i lanciafiamme. Quando vidi una donna con gli abiti in fiamme sbattere contro le pareti di casa come un uccello impazzito, decisi che dovevo fare qualcosa per impedire quella follia. Dissi a Baumgarten che nel villaggio abitavano anche i familiari di sinceri fascisti e che avremmo finito per farci odiare anche da loro.

Il capitano, nel quale ero riuscito a instillare qualche dubbio, mi accordò il permesso di intervenire, ma solo per salvare le case dei veri fascisti! Inutile dirlo, tutti in paese erano fascisti. Le donne mostrarono le fotografie dei figli con la divisa da balilla, gli anziani tirarono fuori il certificato di iscrizione al Fascio scaduto da anni. Ma le fiamme non stavano mica a guardare il colore politico...

Ne nacque una situazione surreale: mentre i tedeschi appiccavano il fuoco io e i miei uomini lo spegnevamo, aiutati dagli abitanti.

Alla fine i tedeschi rinunciarono ma, per non farsi mancare niente, impiccarono i sette maschi adulti che erano rimasti in paese. Altre quattro persone morirono e quindici, per lo più bambini, furono ricoverate per ustioni di terzo grado e intossicazione delle vie respiratorie.

Dopo quest'episodio i partigiani, informati dai superstiti, scrissero sul muro di fronte al presidio, a caratteri cubitali: FURINI VOGLIAMO IL TUO THOMPSON.

Si trattava di una minaccia concreta: la prossima volta non sarebbero venuti per scrivere, ma per farcela pagare.

Furini non si scompose. Prese pennello e vernice e scrisse la sua risposta: VENITEVELO A PRENDERE.

Era il gennaio del 1945.

*

Questa era la guerra di mio fratello. Questo avevo fatto in suo nome. Ma chi era mio fratello? Un fanatico, certo. E poi? Un bravo ragazzo rovinato da persone traviate? Un arrivista che aveva dato sfogo alla propria frustrazione? Un giovane insicuro, alla ricerca di uno scopo, che si era messo al servizio di una banda di aguzzini?

A questa trasformazione io non avevo assistito. Come avesse potuto Lucio rifarsi una famiglia all'interno della banda Koch restava per me un mistero. Il questore Manfredini mi aveva parlato di un Lucio infiltrato, che aveva continuato ad agire in nome dell'Ideale. Ma qual era questo ideale? Non avevamo combattuto contro gli americani e non avevamo difeso l'Italia dai tedeschi. Eravamo cani ammaestrati e tremavamo quando un caporaletto tedesco ci ordinava di eseguire un ordine. E io? Cosa avevo scelto? Di fare la cosa giusta dal lato sbagliato? Non ero migliore di Koch e nemmeno di "monsignor" Vacca. Loro almeno si erano abbandonati alla voluttà del potere, anche se per una breve stagione. Io avevo solo obbedito. Al Duce, a mio fratello, ai tedeschi. Persino a Furini, che pure era un mio sottoposto.

Ora conoscevo il nome e l'indirizzo dell'uomo che forse aveva ucciso Lucio. E non avevo la più pallida idea di quello che avrei fatto.

Capitolo sesto

Per due giorni non feci niente.

Passai un pomeriggio a giocare a pallone con dei ragazzi nello spiazzo polveroso di un cantiere. Stavano demolendo un palazzo per costruirne due nella stessa area.

Nonostante gli avversari fossero tutti più giovani di me giocai con foga e cattiveria.

Una delle porte era stata disegnata con la vernice bianca su un muro in demolizione. Segnai un gol tirando così forte che il portiere avversario si allontanò dai pali, temendo che il muro venisse giù. Purtroppo rimase in piedi. Peccato, sarebbe stato il mio contributo alla ricostruzione di Milano.

Di sera andavo a mangiare all'osteria di Malagigi, un bugigattolo con quattro tavoli di marmo e la cucina a vista. Malagigi faceva tutto da solo, con l'aiuto di un ragazzo siciliano che serviva ai tavoli. Andavo lì e ordinavo il piatto del giorno, in genere polpette in umido. Speravo di attirare l'attenzione dell'oste facendogli intendere che ero un potenziale cliente fisso. Però Malagigi, o Toschi come si faceva chiamare, non dava confidenza a nessuno. Aveva i capelli a spazzola, il labbro inferiore gli pendeva in avanti, quasi avulso dal resto del viso che era di un colore giallastro, itterico. Mentre parlava stringeva continuamente i pugni. Le orecchie, piccole e accartocciate, contrastavano con le mascelle poderose. Prendeva le ordinazioni tenendo lo sguardo fisso sul bloc-notes e poi spariva in cucina, lasciando al giovane cameriere il compito di servire in tavola.

L'osteria era frequentata per lo più da vecchi pensionati

che, finito il pasto, indugiavano una mezz'oretta centellinando il vino sfuso e pulendosi i denti con uno stecchino, lo sguardo fisso nel vuoto di quel passato mediocre che era stata la loro vita. Qualcuno parlava da solo, passando in rassegna tutte le fregature che lo avevano trasformato in un assiduo avventore dei Due Ladroni.

La terza o quarta sera decisi di aspettare Malagigi all'esterno del locale, subito dopo la chiusura che in genere avveniva intorno alle dieci.

Alle dieci e un quarto vidi uscire il cameriere, che inforcò la bicicletta e si allontanò pedalando.

Malagigi uscì ed entrò tre o quattro volte. Portò fuori l'immondizia, appoggiò due cassette di bottiglie vuote accanto all'ingresso del locale, fumò una sigaretta, si sfilò il camice e finalmente abbassò la saracinesca. Solo a quel punto mi accorsi di una figura che usciva dall'ombra. Era una donna. Dal marciapiede di fronte, dove mi ero messo in attesa, non riuscii a vederla distintamente. Mi sembrò che Malagigi la conoscesse. Confabularono per un po' finché i toni non si fecero aspri. L'oste disse qualcosa che la fece infuriare. Gli urlò che era un vigliacco, che voleva il proprio risarcimento, che non poteva finire così.

Immaginai una relazione finita male e che lui si stesse sottraendo ai suoi doveri. La donna inveiva e lui si rincagnava, stringendo i pugni aritmicamente come gli avevo già visto fare con i clienti. Poi la donna gli diede uno spintone, ma era gracile e non riuscì a spostare nemmeno di un centimetro quel bestione, che ebbe una reazione sproporzionata. La colpì con un ceffone in pieno viso con tale forza che la testa le si inclinò da un lato. Non contento, la spinse via e le tirò un calcio nella schiena. La donna non si diede per vinta e con un urlo selvaggio gli si avventò addosso, cercando di graffiargli la faccia. Lui le bloccò i polsi, poi la costrinse a girarsi e la trascinò per i capelli contro un'auto parcheggiata, urlandole che era una puttana.

Non potevo restare a guardare. Attraversai di corsa la strada e mi lanciai contro Malagigi nel tentativo di staccarlo dalla donna. Cercai di bloccargli le braccia da dietro e mi resi subito conto che non potevo farcela. Era molto più alto e più grosso di me. Mi colpì con una gomitata alla tempia, si girò e mi sferrò un calcio nei testicoli. Il colpo mi spezzò il fiato, mi chinai in avanti per il dolore e lui ne approfittò per completare l'opera con una ginocchiata in bocca. Mi ritrovai a terra senza averlo nemmeno sfiorato. Stava per sferrarmi un calcio. Mi rannicchiai per attutire il colpo, che per fortuna non arrivò: la donna nel frattempo aveva preso una bottiglia dalle cassette depositate poco prima da Malagigi e gliela frantumò sulla testa.

Con gli occhi offuscati dalle lacrime vidi l'oste che barcollava avanti e indietro come l'orso del tirassegno. Sentii le mani della donna che mi tiravano per un braccio nel tentativo di sollevarmi.

«Forza, alzati!».

Riuscii a rimettermi in piedi. La testa mi batteva come un tamburo.

Malagigi si stava pulendo il sangue che gli colava sulla faccia con la manica della camicia. Tra un secondo sarebbe tornato alla carica come un toro alla corrida.

«Appoggiati a me» disse la donna con la voce incrinata dalla paura.

Le dissi di scappare, da sola avrebbe avuto migliori possibilità. Invece mi sollevò un braccio e se lo appoggiò sulle spalle. Ci allontanammo accelerando i passi via via che il dolore diminuiva.

L'oste rinunciò a venirci dietro. Lo sentii bestemmiare fino a quando non fummo fuori portata.

Ci fermammo all'altezza di un ponticello per constatare i danni alla luce di un lampione. Ebbi così occasione di osservare per la prima volta la mia salvatrice. Indossava un vestitino dimesso che la imbruttiva. La sberla di quell'energumeno le aveva lasciato un segno rosso sul volto, magro e sciupato. I capelli biondi, sottili e trascurati, le cadevano tristemente sulle spalle. Eppure un tempo doveva essere stata molto bella. Un tempo non lontano, visto che non aveva più di trent'anni.

Una vittima. Quella donna era stata una vittima. Di Malagigi, certo. Ma, più in profondità, di una vita che l'aveva consumata prima del tempo.

Smisi di tamponarmi il labbro con il fazzoletto insanguinato:

«E dire che dovevo essere io a proteggere lei…».

Avrei voluto che mi sorridesse. Invece mi piantò addosso i suoi occhi scuri, profondi e mi appoggiò delicatamente le dita sul labbro ferito.

Non mi fece male, ma sentii un brivido.

Le tenni fermo il polso stringendolo con una mano.

«Come si sente?» le chiesi.

«Ho fame» rispose.

«Conosco un'osteria, qui vicino, ma il servizio non è granché» provai a scherzare.

Continuò a fissarmi e di nuovo mi negò un sorriso.

«D'accordo» dissi, «andiamo».

«No».

Non aggiunse altro. Si girò e cominciò a camminare, senza più voltarsi verso di me.

Rimasi a guardarla. Quello sguardo così duro, quella serietà senza fondo avrebbero dovuto dissuadermi. Invece mi misi a seguirla lungo la stradina sopraelevata che costeggiava il canale.

Camminammo per un po'. Non poteva non essersi accorta che la seguivo. In strada non c'era anima viva e i nostri passi risuonavano sul selciato.

Senza voltarsi, si appoggiò alla ringhiera che dava sul canale.

Mi fermai anch'io.

La vidi portarsi alla bocca una sigaretta. La tenne stretta tra le labbra senza accenderla.

Decisi che era un invito. Mi avvicinai e le porsi la fiamma dell'accendino.

Notai che non aspirava il fumo.

Mi accesi anch'io una sigaretta, badando a non sfiorare la spaccatura del labbro.

«Non so nemmeno il suo nome» dissi appoggiando un gomito alla ringhiera.

«Nora Diamanti».

«Io mi chiamo Fulvio. Fulvio Amitrano».

Si girò dalla parte opposta, evitando di guardarmi.

«Fulvio» disse dopo un lungo silenzio, «portami a mangiare».

Trangugiava il cibo come un gatto randagio digiuno da giorni. La guardai in silenzio mentre divorava il risotto, l'ossobuco, il pane, le patate e il vino. Quando alzò la testa dal piatto, le accesi una sigaretta e le chiesi che c'entrava lei con Alfio Toschi.

«Quel porco si è approfittato di me».

«Sei incinta?».

Sgranò gli occhi e scoppiò in una risata ancora più esagerata della sua fame.

«Ma allora perché ti ha picchiata?».

Spense la sigaretta con una smorfia di disgusto.

«Vuoi che ti racconti la mia triste storia?».

«Sì».

«Non l'ho fatto con nessuno. Ma dato che non ci vedremo mai più... Sai cos'era Villa Triste?».

«Ne ho sentito parlare» risposi cercando di dissimulare.

«Io ci sono stata, per due settimane».

«Eri nella Resistenza?».

«No. Mi ero semplicemente trovata nel posto sbagliato al momento sbagliato. Mi arrestarono senza nessun motivo».

La guardai, incredulo.

«Lavoravo nello studio di un architetto sospettato di essere un dirigente del CLN».

Annuii.

«Fu sufficiente per essere caricata in macchina con un cappuccio sulla testa fino a una villa isolata, con il filo spinato sui muri di cinta e un giardino illuminato a giorno dai riflettori. Appena dentro, una donna che loro chiamavano "signora Anita" mi prese le generalità e registrò l'arresto. Ce l'ho stampata nella testa. Portava gli occhiali e un grembiule nero da bidella. Mentre mi prendevano le impronte gli uomini facevano battute pesanti, dicevano che mi avrebbero fatto assaggiare il bastone e pure la carota. Mi trascinarono al piano di sotto, una specie di cripta col soffitto bassissimo, e mi chiusero in una cella di un metro e mezzo, senza nessun'apertura. La luce era sempre accesa e si rifletteva in modo accecante sulle maioliche delle pareti. Non c'era gabinetto, solo un lavandino in cui dovevi fare tutto. Per il primo interrogatorio mi fecero sedere su uno sgabello, dove venni subito schiaffeggiata. Alle mie proteste un tipo grasso, con il respiro pesante da asmatico, mi disse che io ero amante del progresso mentre a lui piacevano i sistemi medievali. Cominciò a frustarmi con uno scudiscio mentre una donna brutta e tracagnotta mi tirava i capelli. Il giorno dopo mi portarono alle docce. Mi strapparono i vestiti di dosso e con un palo appuntito mi spinsero sotto un getto d'acqua ghiacciata che poi diventava bollente. Gli uomini urlavano: "Doccia! Doccia!" mentre quello che impugnava il palo diceva soltanto: "Sotto, sotto", ma senza strillare. Calmo, compassato. In seguito seppi che era Pietro Koch. Durante gli interrogatori continuavano a dirmi: "Parla!", solo questo, "Parla!". Ma io non avevo niente da dire. Non sapevo niente. Dopo cinque, sei giorni, mentre ero da sola in cella, entrò quell'orribile donna in compagnia di un uomo. Era lui. Ora si fa chiamare Alfio Toschi ma il suo vero nome è Ettore Malagigi. Mi immobilizzarono con le braccia piegate sul petto e le ginocchia sopra le braccia. La strega mi disse che se non avessi parlato mi avrebbero fatto voltare, con un bastone sotto le ginocchia, e mi avrebbero conficcato il manico dello scudiscio nella "cosina". Urlai che avrei detto tutto quello che volevano. E allora quel bastardo si accontentò di prendermi in quella posizione mentre la donna urlava "Godi!" schiaffeggiandomi sempre più forte. Quando ebbero finito, mi fecero firmare una denuncia contro persone che nemmeno conoscevo e mi rilasciarono».

Mi piantò addosso quel suo sguardo penetrante, per sfidare il mio imbarazzo.

«Sei contento, adesso? Ti è piaciuta la mia storia?».

«Perché non lo denunci?».

«Perché verrei umiliata di nuovo. Credi che gli uomini siano tanto cambiati dopo la Liberazione? Sarebbe come spogliarmi di nuovo davanti a loro per poi sentirmi dire che non ci sono prove per incriminarlo, che c'è solo la mia parola contro la sua. E poi ho bisogno di soldi e sarà lui a darmeli».

«E come pensi di riuscirci?».

Si alzò di scatto.

«Devo andare. Sono stanca».

Non cercai di trattenerla. Lasciai che uscisse dal ristorante e la seguii, stando bene attento stavolta a non farmi scoprire.

Non abitava lontano. La vidi entrare in una casa popolare e attesi finché una luce si accese al secondo piano. Passò un paio di volte davanti alla finestra, mentre si svestiva. Solo quando la luce si spense mi decisi a tornare alla mia pensione.

Per il resto della notte non chiusi occhio. Pensai a quel suo modo così diretto di dire le cose, di accettare da me solo quello di cui aveva bisogno. All'apparente mancanza di pudore nelle parole e nello sguardo. Alla rabbia. La sua e la mia.

Per giorni spiai la sua solitudine, il lento scorrere della triste quotidianità. Era un fantasma che si aggirava tra le macerie della città. Invisibile a tutti tranne che a me, l'unico in grado di intravederne la dignità, il fascino dolente con cui giorno dopo giorno affrontava la sopravvivenza. Sporadicamente lavorava a un banco di frutta, al mercato rionale. Altre volte chiedeva l'elemosina stando attenta a filarsela appena vedeva un vigile. Non riuscivo a spiegarmi perché una donna istruita come lei non si cercasse un lavoro stabile, perché avesse preferito quella vita randagia. La sua era chiaramente una scelta, e questo mi turbava.

Una sera la vidi adescare un commerciante che aveva appena chiuso il negozio. Parlottarono pochi secondi, poi si allontanarono insieme. Se lo stava portando a casa. Non potei sopportarlo. Li seguii e, nel momento in cui stavano entrando, feci una scenata recitando la parte del fidanzato tradito. Il commerciante se la svignò, spaventatissimo. Ero sicuro che Nora sarebbe stata furiosa con me, che mi avrebbe insultato, persino schiaffeggiato per la mia intromissione. E invece mi sorrise.

«Ti devo parlare» le dissi.

«Solo parlare?» mi chiese. E senza attendere risposta aprì il portone e mi fece entrare.

Viveva in una camera ammobiliata. Un armadio, un comò e un letto matrimoniale. Cercai con lo sguardo un posto dove sedermi.

Ma fu lei a sedersi, sulla sponda del letto. Si mise a fissarmi, provocante, lasciandomi in piedi a risolvere il mio imbarazzo.

«Io… ti sto seguendo da giorni» biascicai.

«Lo so».

La mia sorpresa la divertì. Apriva e chiudeva leggermente le gambe, continuando a guardarmi con un sorriso indisponente.

«E so anche perché».

Non so quanto avrei potuto resistere.

Si alzò di scatto e mi girò intorno.

«Voglio essere sincera con te».

Mi prese le mani tra le sue. Pensai che volesse condurmi sul letto.

Invece disse: «Ti preparo un caffè».

Seduto al tavolo della minuscola cucina, restai in silenzio a osservarla di spalle mentre appoggiava la macchinetta sul fuoco.

«L'altra sera non ti ho detto tutto. Quando ho capito chi eri ho pensato che…».

Si girò così bruscamente che i capelli le coprirono in parte il viso.

«Conoscevo Lucio. Lo conoscevo bene. Eravamo entrambi nella banda Koch».

Si era sposata giovanissima, poco prima della guerra. Suo marito era in aviazione e morì in Africa orientale. Rimasta vedova a ventitré anni, aveva goduto della protezione di un alto funzionario del ministero degli Interni che, quando si stancò di lei, le trovò un posto nell'ufficio politico della questura. Quando il Reparto speciale di Koch si trasferì a Milano le proposero di infiltrarsi in cambio di un aumento di stipendio. Agli occhi del capo della polizia Koch non sembrava più affidabile come nel periodo romano. Aveva cominciato ad assumere posizioni politiche a dir poco stravaganti. Una volta si dichiarava amico intimo di Kesselring e il giorno dopo sputava sui tedeschi. Si divertiva a raccontare aneddoti poco lusinghieri persino sul Duce. Lei stessa aveva ascoltato il resoconto della sua visita a Villa Feltrinelli, la residenza di Mussolini sul lago di Garda.

«Koch raccontò che il "Capo" non si fidava di nessuno, ma poi si era fatto fregare da un sedicente inventore, un certo Marconi, proprio così, Marconi, che asseriva di poter provocare esplosioni comandate a distanza con un apparecchio di sua creazione. Insomma, il Duce e quell'altro rincoglionito del generale Wolff, che Hitler avrebbe dovuto strafulminare, gli chiesero di fare una dimostrazione. E quello mise in azione la sua geniale arma segreta. "Raggio della morte", l'aveva chiamata. Bum bum bum! Gli fece saltare per aria mezzo giardino. Il Duce ne restò impressionato. Chiese allo "scienziato" cosa gli serviva per costruire il Raggio della morte. E quello: "Diamanti, la macchina funziona a diamanti". E glieli diedero, per costruire non si sa quanti prototipi! Peccato che il furbone aveva preparato il terreno con sostanze chimiche, insomma gli aveva fatto vedere i fuochi di Piedigrotta! E tutto questo sotto lo sguardo di quelle bestie di SS rumene che avrebbero dovuto proteggerlo!

«"Il Duce ha sempre ragione... Col cazzo!" era stata la conclusione di Koch».

Da allora si era messo ad arrestare gente innocente per far numero e giustificare le continue richieste di denaro al ministero. «Qui si lavora a cottimo» diceva. Una volta, in macchina con lei e altri del Reparto, notò un operaio che usciva dalla fabbrica.

«Che te ne pare di quello? È perfetto, no?».

Fermò la macchina e fece arrestare quel poveraccio.

«E con questo fanno quattro. Andiamo a mangiare, va'. C'ho una fame... Ossobuco per tutti da Vittorio a via Bartolini, eh?».

Cominciò a rendere la vita difficile alla Ettore Muti, la milizia con cui era in competizione per il controllo del territorio. Ne arrestò vari componenti con accuse che andavano dalla truffa aggravata alla rapina a mano armata, dall'estorsione ai danni dei parenti di detenuti politici al furto di pellicce della ditta Finzi, dal sequestro arbitrario di rame al furto di dieci fusti di benzina Avion durante lo sciopero all'Alfa Romeo. Quelli della Muti lo odiavano: loro perdevano potere e credibilità mentre lui faceva la figura del moralizzatore.

In realtà, attraverso la Muti Koch voleva colpire Roberto Farinacci, il *ras* di Cremona indicato da tempo come il probabile sostituto del Duce. Nel qual caso probabilmente agiva direttamente per conto di Mussolini. Nell'arco del ventennio, dal 1923 al 1943, Farinacci era stato l'"antiduce", "il fedelissimo infedele", "la suocera", "il porcospino del fascismo". Il suo motto era sempre stato: "Disobbedire al Duce per servirlo". Per vent'anni si era accollato i lavori sporchi, a partire dal delitto Matteotti, e per questo aveva sempre mantenuto la sua fetta di potere.

Ma ora il Duce temeva il complotto. Farinacci era stato più volte accusato e indagato per evasione fiscale. Il suo giornale, *Il Regime Fascista*, era finanziato con fondi occulti mascherati come donazioni alle opere pie. Koch incaricò vari agenti, tra cui Nora, Lucio, don Alfonso Vacca e Ettore Malagigi, di trovare, e nel caso fabbricare, prove della sua corruzione.

Fu così che Nora conobbe Lucio. Lavorarono insieme per un mese. Don Alfonso e Lucio riuscirono a farsi assumere come redattori del *Regime Fascista*. Alla fine scoprirono un traffico di cocaina e valuta estera pregiata, che doveva servire ad assicurarsi la fuga in caso di sconfitta. C'erano di mezzo vari funzionari e persino il vicecapo della polizia.

Quando Lucio e Nora tornarono per riferire, Koch li ricevette in una suite dell'hotel Continentale. Con lui c'era Desy Marchi, la sua ultima amante, una ragazzina truccatissima che se ne stava in costume da bagno a fare la lampada solare. Koch parlò liberamente in sua presenza. Voleva affidare a Lucio un altro incarico. Aveva gli occhi spiritati, le pupille dilatate e parlava con un'euforia eccessiva. Si vedeva che era alterato dalla cocaina.

Chiese a Lucio di "impacchettargli" una nuova documentazione che avrebbe dovuto inchiodare un gruppo di ufficiali dell'Aeronautica sospettati di disfattismo. Lucio rispose che molti di loro erano medaglie al valore, che non era giusto mandarli sotto processo sulla base di sfoghi momentanei, dettati dallo sfinimento e dalla delusione per una guerra che andava sempre peggio.

Koch disse che non gliene fregava niente dei suoi scrupoli. Di lì a pochi giorni doveva presentarsi al quartier generale per fare le scarpe al capo della polizia, che era tecnicamente inetto e politicamente pericoloso. La relazione gli serviva, e gli servivano anche un po' di disfattisti da mettere al muro perché, se non avesse portato "lavoro", non avrebbe potuto chiedere al ministro degli Interni milioni e poteri!

Nora e Lucio erano rimasti allibiti, oltre che imbarazzati, dalla presenza di quella ragazzina che pensava ad abbronzarsi mentre Koch ordinava loro di mandare a morte degli innocenti.

Lucio aveva cercato di temporeggiare dicendo che non gli sembrava il luogo per parlare di certe cose, ma Koch non lo ascoltava nemmeno. Voleva la relazione entro due giorni. Passò dalle minacce alle lusinghe dicendo che solo Lucio era capace di confezionare bene certe cose: lui era un vero giornalista, uno scrittore poco valorizzato, e avrebbe guadagnato molti soldi, senza i quali non si combina niente nella vita, sotto qualunque regime.

Lucio uscì disgustato da quell'incontro. Si sfogò con Nora. Disse che Koch credeva di mettere un cartellino col prezzo su tutto e tutti. Ma una cosa era il prezzo, un'altra il valore, ci sono uomini che si possono comprare a un certo prezzo e uomini che hanno un loro valore e non sono in vendita. Giurò che non sarebbe mai sceso così in basso.

«Decisi di fidarmi di lui e di scoprire il mio gioco» proseguì Nora.

Aveva presentato Lucio al suo superiore. Lo avevano trovato nel suo ufficio davanti a un mucchio di incartamenti e lettere sparse sulla scrivania. Si stava domandando cosa fosse la Repubblica Sociale.

«È questo?» aveva detto, mostrando loro un francobollo con l'effigie del re sconciata dal timbro del fascio repubblicano.

«È una necessità per contenere il predominio tedesco, come afferma il guardasigilli Pesenti? È la grande resa dei conti con i traditori del 25 luglio? O è il tutto contro tutti, il grande disordine da cui nascerà un nuovo ordine? Sapete cosa contengono queste lettere? Delazioni. Contro ebrei nascosti, congiurati, persino di mariti cornuti! Siamo diventati un popolo di spioni. Poi ci sono le suppliche. Madri in pena, per lo più. Le stesse madri che donarono la fede d'oro alla patria. Questi invece sono gli sfoghi. Vecchi squadristi che danno del rincoglionito al Duce, pazzi fanatici che reclamano un salasso di sangue, visto che le purghe di una volta non sono servite a niente. Ogni santo giorno mi domando: da che parte sto io? E l'unica risposta che riesco a trovare è: non dalla parte di gente come Pietro Koch».

«Mi sembra un po' poco» gli aveva fatto osservare Lucio.

«Credete? Lasciate che vi illustri il suo cosiddetto programma. L'11 settembre ha compiuto una cinquantina di arresti. Tra gli altri, due membri del Comitato centrale del CLN. Considera questi prigionieri proprietà privata e vuol servirsene per entrare in trattative con i partigiani. Questo almeno è ciò che fa credere al ministro degli Interni Buffarini, il quale a sua volta è convinto che l'erede naturale del fascismo sia il bolscevismo e che di conseguenza occorra lasciar perdere i comunisti e perseguitare le frange borghesi del CLN. Oltretutto Koch getta fumo negli occhi del Duce, accusando i tedeschi di tenere contatti diretti con i comunisti. L'assioma di fondo dovrebbe essere che il Fascismo è la causa del ribellismo e che dunque, eliminando il Fascismo, si elimina il ribellismo. Si direbbe che sia la droga a dettare questo cumulo di idiozie. Ma Koch non è stupido. Anzi, è un astuto opportunista. È evidente che il suo unico gioco è quello di gestire quanto più potere gli è possibile adesso, garantendosi l'avvenire nel caso di una probabile disfatta. Pensate ancora che sia un obiettivo da poco sbarazzarsi di lui?».

«Cosa dovrei fare?».

«Prima rispondete a una domanda: cosa siete voi? Un ingenuo? Un opportunista? Un idealista?».

«Io sono un fascista…».

«Fascista! Significava qualcosa dieci anni fa, forse. Ma adesso può voler dire assassino oppure vittima. O l'uno e l'altra. Voi cosa siete?».

«Non un assassino!».

«È già qualcosa. E cosa vi proponete?».

«Che non tutto vada perduto».

«E allora cominciate da Koch!».

«In che modo?».

«Nora dice che Koch vi stima. Dovete sorprenderlo, conquistarlo definitivamente».

«Come?».

«A quello ci pensiamo noi. Vuole i nomi di ufficiali disfattisti? E voi glieli date».

«Ma si rischiano degli arresti ingiustificati, accuse infamanti di tradimento…».

«Questo non conta adesso. A cose finite riabiliteremo gli innocenti».

«Se non saranno stati fucilati prima...».

«Faremo in tempo, ve lo assicuro. Fornite una relazione completa. Stupitelo con il vostro cinismo e il vostro zelo. Mostratevi avido di denaro e di gratificazioni. Proponetegli altre indagini. Ad esempio c'è Pettinato, il direttore della *Stampa*, che è un buon obiettivo».

«Ma è il miglior giornalista che abbiamo!».

«Scrive male del Duce, è un bersaglio perfetto».

«Perché dovrei farlo?».

«Perché una volta conquistata la fiducia di Koch vi proporrete come contatto con la Resistenza. In questo modo accumulerete prove sul suo doppio gioco e finalmente lo avremo in pugno! Vi sta bene?».

Lucio accettò.

Svolse con intelligenza il suo ruolo. Nel giro di un paio di mesi aveva accumulato prove sufficienti sui contatti tra la Resistenza e Koch, senza che questi si insospettisse.

Koch era anzi entusiasta di come procedevano le cose. Il suo piano si delineava sempre meglio. Quando Lucio gli chiese cosa aveva in mente, rispose: «Commercio. La politica non è altro che un commercio». Per questo aveva trattenuto nelle segrete del Reparto il fior fiore della Resistenza, senza mollarne nemmeno uno ai crucchi. Il fascismo era finito e bisognava cominciare a non essere più fascisti. Come segno di buona volontà, avrebbe liberato sulla parola due prigionieri politici con il compito di consegnare una lista di esponenti della Resistenza che Koch era disposto a liberare in cambio di altrettanti ufficiali della RSI catturati dai partigiani. In caso di risposta positiva avrebbero avviato uno scambio regolare di prigionieri. Naturalmente a lui non importava niente degli ufficiali fascisti, ma era meglio non sbracarsi subito. Il vero obiettivo era la garanzia di immunità per gli uomini del Reparto. Su questo punto i capi partigiani avrebbero fatto storie, certo. Ma Lucio, in quanto portavoce di Koch, avrebbe ricordato loro che le informazioni nelle mani del Reparto, se consegnate al maresciallo Graziani, avrebbero procurato vittime inutili nelle file della Resistenza. Koch era in possesso di un elenco delle formazioni partigiane e della loro dislocazione in Piemonte e Lombardia. «Chi ha avuto ha avuto, chi ha dato ha dato» questo era il nuovo motto. E lui sarebbe stato il primo a dare.

Poi Koch invitò Lucio a concedersi un po' di svago con le prostitute che frequentavano Villa Fossati, la sede milanese del Reparto. Lucio non aveva nessuna voglia di partecipare al festino e si allontanò.

Fu l'unico sbaglio che commise, perché andò direttamente in questura a denunciare il piano di Koch. Avrebbe dovuto mettere in conto che Koch non si fidava nemmeno di suo padre. Lo fece seguire da uno dei suoi, forse da don Alfonso, che soffriva di invidia nei suoi confronti.

Lo prelevarono alla pensione di via Pontaccio e lo interrogarono per tutta la notte. Koch sapeva della sua malattia agli occhi. Gli strinsero il capo con una corda a nodi legata all'altezza delle tempie e ritorta dietro la nuca. "Nodo malese" lo chiamavano. Lo colpirono sistematicamente agli occhi. Quando fece il nome di Nora non ci vedeva quasi più. Quindi toccò a Nora.

«Quello che ti ho raccontato delle torture era vero».

«Mi dispiace» dissi.

«Non fu colpa di Lucio. Nessuno riusciva a resistere ai loro metodi. Per fortuna mi ero cautelata. Avevo lasciato un messaggio al portiere della pensione in cui vivevo. Gli avevo scritto di recapitarlo in questura qualora mi fossi assentata senza preavviso. Il Reparto fu sciolto e tutti i componenti arrestati. Lucio e io fummo liberati».

«Per chi lavoravi?».

Nora esitò. Ma la mia domanda era stata troppo diretta perché potesse eluderla.

«Per il questore, Renato Manfredini».

«Tu sai chi l'ha ucciso».

Questa volta rispose con decisione.

«Koch. Non personalmente. Credo che abbia usato uno dei dalmati».

«Quelli che sono scomparsi nel nulla».

Annuì.

«E Malagigi? Che c'entri tu con lui?».

«Con i miei precedenti non posso trovare un lavoro regolare. Ettore mi passa dei soldi. Ma l'altra sera si è stufato. Anche lui».

«Quindi non è stato Malagigi a...».

«No. Era solo uno della banda a cui piacevo. È l'unica cosa su cui ti ho mentito. Ora sai tutto. Non abbiamo altro da dirci. Tornatene a casa e cerca di dimenticare, se puoi».

La scrutai, cercando di capire se davvero voleva che me ne andassi. Mi ignorò ostentatamente, mettendosi a sciacquare le tazzine.

Mi alzai, misi a posto la sedia e uscii.

Avevo saputo la verità, eppure mi sembrava tutto troppo semplice.

In strada mi girai a guardare la sua finestra.

Mi fissava attraverso il vetro, immobile. Tornai indietro. Feci gli scalini a due alla volta. La porta era aperta e lei era lì, in piedi, davanti al letto. La afferrai con forza e la baciai. La spinsi sul materasso.

Sapeva farmi fare l'amore.

La prima volta lasciò che sfogassi tutta la tensione che aveva scatenato in me. Poi si prese quello di cui aveva bisogno. Era lei a condurre il gioco e a me piaceva così.

In quei momenti la sentii completamente sincera.

Adoravo quando mi spingeva la testa tra le gambe per prendersi tutto il piacere, impazzivo quando, mentre la possedevo, mi stringeva la faccia tra le mani, quelle sue mani magre e nervose, e mi costringeva a guardarla negli occhi, ad affogare in quei due laghi senza fondo.

Quando crollavo accanto a lei, con il cuore che mi batteva forte, mi carezzava i capelli come una mamma orgogliosa del suo bambino. Mi diceva che c'era il mare nei miei occhi. Sapevo che non mi aveva detto tutto di lei, ma non mi importava. E non mi importava se non c'era futuro per noi. Per la prima volta volevo vivere solo il presente, quel presente fatto di noi due stesi su quel letto dove aveva avuto altri uomini. Non mi importava di vincere o perdere.

Quando non facevamo l'amore andavamo al mercato a comprare quel poco che ci serviva. A me piaceva scegliere la frutta e a lei starmi a guardare mentre lo facevo. Mi sentivo importante quando, tornando a casa, si attaccava a un lembo della giacca, mezzo passo indietro, come una bambina che si fida del suo papà. Ci proteggevamo l'un l'altro contro un mondo che non ci aveva regalato niente se non la possibilità di restare vivi, di sopravvivere.

Io cucinavo e lei fumava. Lei lavava i piatti e io parlavo. Anche di Lucio. Del Lucio che solo io conoscevo. Le raccontai del nostro posto segreto, sugli scogli di Capo Miseno, dove andavamo a fare il bagno da bambini. L'aveva scoperto Lucio e, un pomeriggio d'estate, mi ci portò.

«Il sole stava tramontando e la spiaggia era deserta. Arrampicandoci sugli scogli raggiungemmo una fenditura nella roccia, larga non più di un metro, attraverso la quale entrammo in una grotta. Lucio aveva tredici anni e io dieci. Fu un rito di iniziazione per mettere alla prova il mio coraggio. Dovevamo calarci fino a metà del busto, restare sospesi facendo forza sulle braccia piegate e poi lasciarci cadere nel buio. Una volta atterrati non potevamo tornare indietro perché l'apertura si trovava a un'altezza di quasi tre metri e non avevamo modo di arrampicarci dall'interno della grotta. A quel punto bisognava procedere per cinque o sei metri, fino a sentire l'acqua sotto i piedi. Ancora due passi e l'acqua ci arrivò alla vita. Per uscire dovevamo aver fede: immergerci in quella piccola piscina e darci una spinta in avanti, nuotare sott'acqua per tre o quattro metri sotto un blocco di roccia e infine risalire in superficie. A ogni movimento urtavamo contro una sporgenza appuntita della grotta.

«Lucio si immerse per primo e dopo pochi secondi sentii la sua voce che mi incitava. I miei occhi si erano adattati all'oscurità. Incamerai aria e mi tuffai. Non mi resi conto di aver dato una spinta leggermente sbilenca, che mi fece perdere l'orientamento. Dopo le tre bracciate necessarie a riemergere mi ritrovai addosso il blocco di roccia. Mi spinsi con le gambe ma la roccia continuava a incombere su di me. Del tutto disorientato, strusciai due o tre volte e mi ferii un gomito e la fronte. Fui sopraffatto dal panico. Non ero mai rimasto tanto tempo sott'acqua, mi mancava il fiato. Ruotavo su me stesso, terrorizzato. Poi vidi un'ombra che scivolava verso di me, sospinta da un raggio di luce. Era Lucio. Si era immerso per soccorrermi. Mi afferrò sotto le braccia e mi strappò al blocco di roccia. Dolcemente mi sollevò in alto, verso la trasparenza della superficie. Risucchiai aria nei polmoni, annaspando come un neonato. Lucio continuò a tenermi stretto e mi trascinò via, lontano dagli scogli, dando dei potenti colpi all'indietro con le gambe.

«Il sole era calato e il mare si era fatto più scuro. Soli, immersi in quel blu minaccioso, scoppiai a piangere, ingoiando acqua salata, tenuto a galla dal moto ondoso e da mio fratello. Solo quando fummo sufficientemente lontani dagli scogli Lucio lanciò un urlo con quanto fiato aveva in gola, facendo sollevare dall'acqua una coppia di gabbiani che galleggiavano a pochi metri da noi. Urlai anch'io per scacciare la paura.

Lucio si mise a nuotare senza fretta verso la riva e io gli andai dietro seguendo la sua scia come una guida sicura che non avrei mai più abbandonato».

Nora mi disse che Lucio le aveva raccontato di esserci tornato da solo, dopo la mia partenza per la Russia.

Trascorremmo due settimane senza separarci mai.

Un giorno, tornando con la busta del latte, la trovai seduta sul letto, accanto alla finestra.

Piangeva a dirotto, come se non avesse mai pianto.

La supplicai di dirmi che cosa la turbava.

«Non riesco a togliermelo dagli occhi. Era steso a terra, le braccia spalancate come Gesù in croce. Nessuno si avvicinava. Maledetti, avevano paura anche dei morti. Mi sono chinata su di lui. Aveva la faccia appoggiata sull'asfalto. Di profilo, il suo sguardo sembrava ancora vivo. Ma quando l'ho girato…».

Non riuscì a finire la frase. Fu presa da un singulto di orrore, un singhiozzo che le azzoppò il respiro. Mi spaventai nel sentirla annaspare, mentre le lacrime le colavano dal naso.

Le asciugai il viso con il mio fazzoletto. La abbracciai, sussurrandole parole rassicuranti per calmarla.

Il respiro tornò regolare. Le presi un bicchiere d'acqua. Le feci soffiare il naso, come si fa con i bambini. Guardò il cielo grigio di Milano e sospirò.

«Quando l'ho girato…».

Trattenne un nuovo singulto.

Le dissi che non era necessario, ma lei volle continuare.

Mi rivolse uno sguardo disperato, come se io avessi potuto impedirle di ricordare.

«Non aveva più un lato della faccia. Era…».

La strinsi a me, deciso a impedirle di farsi del male. Le nascosi il volto contro il mio petto per porre fine allo strazio.

«Basta adesso. Ti prego».

Per qualche istante si abbandonò. Ma poi si allontanò da me, mi tenne a distanza con le braccia tese. Si alzò di scatto, torturando la stoffa del fazzoletto.

«Io non ti ho detto tutto. Il giorno che l'hanno ammazzato avevamo un appuntamento. Da quando era stato torturato Lucio stava male, tanto male. Aveva dolori lancinanti agli occhi, non ci vedeva quasi più. Ma non si era ancora arreso. Voleva fare un'ultima cosa. Per me. E per te».

Lo disse con rabbia.

«Durante l'irruzione a Villa Fossati Lucio, appena liberato, si unì alla perquisizione e trovò quello che cercava».

Nora prese il portamonete dalla borsetta e mi mostrò una chiave di piccole dimensioni.

«Questa».

La fissai senza riuscire a capire dove mi stesse portando.

«È la chiave di una cassetta di sicurezza. Anche Koch aveva il suo fondo personale. Il frutto di sequestri, requisizioni illegali e di tutti i traffici che aveva messo in piedi, né più né meno degli altri. Lucio lo aveva scoperto ed era stato questo a convincerlo definitivamente che Koch andava fermato. Seguiva da tempo i movimenti di Koch e del suo contabile, che periodicamente si recava alla Banca Commerciale a rimpinguare il tesoretto. Lucio non consegnò la chiave alle autorità perché non si fidava più di nessuno. Non se ne servì per mesi. Sarebbe stato troppo rischioso. Ma quando fu chiaro che tutto era perduto si decise. Mi chiese di aiutarlo. Aveva bisogno di me per falsificare un documento d'identità e presentarsi in banca sostituendosi al contabile, che intanto era stato giustiziato dai partigiani. Mi promise metà di tutto quello che avremmo trovato nella cassetta di sicurezza. L'altra metà l'avrebbe data a te».

«Perché?».

«Perché per lui era finita, ormai. Non si sarebbe mai potuto rassegnare alla sconfitta. E soprattutto non avrebbe mai accettato la cecità. Voleva farla finita. Ma prima ti avrebbe garantito l'avvenire. "Un bell'avvenire", è così che disse. Aggiunse che te lo meritavi perché eri diverso da lui. Tu sapevi assaporare la vita, mentre a lui non restava che scoprire finalmente cos'è la morte. Non quella eroica che gli avevano inculcato a scuola, non quella dei martiri, dei santi, degli aviatori. La morte vera, oscura, quella che fa paura. "L'insanguinata puttana" la chiamava. Di certo non sarebbe stata la bella morte che aveva sempre inseguito. Ma almeno non voleva fosse stupida. Mi disse di sentirsi come quella monetina senza valore che cade dai pantaloni mentre li pieghi, ruota su sé stessa e rotola sul pavimento andandosi a ficcare nell'angolo più scomodo e invisibile, che scoraggia anche il più accanito degli spilorci. Lui era quella monetina. Era rotolato nell'angolo scomodo dove nessuno si sarebbe preoccupato di recuperarlo. «*Consumatum est*», così aveva detto. La sua sarebbe stata una fine anonima, ma non inutile. Sarebbe servita a me. E a te».

Come poteva farmi questo? Come poteva scaricarmi addosso la morte di mio fratello? La guardai con astio, ma non se ne accorse.

«Avevamo falsificato una carta d'identità» proseguì. «Era tutto pronto. Ma gli uomini di Koch arrivarono prima. Lo uccisero proprio mentre stava venendo da me».

«Chi altro sa della cassetta?».

«Solo Malagigi».

Non riuscivo a crederci!

«Eravate d'accordo, fin dall'inizio!».

«No. È un anno che cerco di convincerlo a falsificare un altro documento. Ma Ettore se la fa sotto. Ha paura di essere beccato. Ha una condanna a trent'anni in giudicato e non vuole rischiare».

«E così hai pensato a me».

«Ma non capisci? È il destino che ti ha mandato. Quei soldi sono ancora lì e nessuno può prenderli. Sono i soldi che Lucio voleva dare a noi. Per ricominciare. Per tornare a vivere».

Dunque anche lei voleva decidere della mia vita. Lei, che aveva cambiato per l'ennesima volta le carte in tavola, che centellinava gocce di verità per placare la mia sete, che credeva di tenermi in pugno.

Mi salì al naso la puzza di chiuso della stanza e fui sopraffatto dall'urgente impulso di uscire da quella casa squallida e opprimente. Vidi Nora per quello che era, una naufraga aggrappata alla zattera che crede ancora all'inaffondabilità del Titanic.

Tentò di stringersi a me, ma la respinsi con più forza di quanto avessi voluto. Cadde sul letto urlandomi di non andare via.

Uscii per non sentire le sue false parole d'amore.

Vagai ore e ore per le strade di Milano finché non arrivai davanti a un villino isolato in zona San Siro, costruito in finto stile quattrocentesco. Via Paolo Uccello, 15. Villa Fossati, l'ex sede della banda Koch. Era in stato di abbandono. Evidentemente i proprietari non erano ancora riusciti a rientrarne in possesso. Oppure nessuno si sentiva pronto a restituire nuova vita a quel lugubre luogo di morte.

Si vedevano ancora rovi di filo spinato sul muro di cinta e un paio di riflettori da campo di concentramento che penzolavano come impiccati sui pali di sostegno.

Era un posto maledetto, Villa Fossati, fin dalle sue origini. Il capitano Casarsa mi aveva raccontato che nel 1821 quella casa aveva ospitato la riunione dei carbonari milanesi intenzionati a chiedere l'intervento di Carlo Alberto contro gli austriaci. Anche allora furono traditi da un confidente della polizia che mandò a morire alla fortezza dello Spielberg patrioti come Confalonieri, Borsieri e Pellico.

Chissà se Koch lo aveva scelto per questo precedente o per le sue competenze di agente immobiliare. Mi venne da pensare che, nella storia, spie e delatori hanno molta più importanza di quello che si legge sui libri di scuola. Quel posto aveva un destino. Persino l'insediamento dei membri del Reparto era iniziato male. Alcuni di loro si erano portati da Roma mogli e figli. Durante i lavori per riadattare la villa in un carcere di massima sicurezza uno dei figli di un agente di Koch aveva ucciso un elettricista giocando con il moschetto del padre.

Girai intorno al muro di cinta e mi accorsi che un cancelletto di servizio era accostato. Lo spinsi.

I cardini arrugginiti cigolarono e mi ritrovai nel giardino incolto. In una rimessa diroccata c'era ancora un'automobile, senza ruote e senza motore.

La porta d'ingresso era chiusa ma uno dei finestroni ad arco aveva i vetri rotti e le imposte divelte, frutto forse dell'irruzione degli uomini della Muti. Mi issai sul davanzale ed entrai.

All'interno trovai sedie fracassate, scrivanie ancora in buono stato, poltrone sfondate. Superai l'androne che Nora mi aveva descritto e imboccai la scala a chiocciola che conduceva ai sotterranei. Lunghe striature scure di sangue rappreso erano ancora visibili sui muri e sugli scalini. Attraversai la cripta e di lì raggiunsi le anguste celle. Le pareti erano crivellate di fori di proiettile, a testimonianza dei colpi sparati a scopo intimidatorio. Ne immaginai l'assordante rimbombo in quello spazio così ristretto. Sentii le urla degli infelici straziati dalle percosse e dalle frustate. Il tonfo dei corpi scagliati contro le pareti. Il rumore secco di arti spezzati.

Mi mancò l'aria. Tornai di corsa al piano superiore e mi rifugiai nella stanza più ampia, l'unica ancora intatta, con un lampadario anni Venti, due scrivanie di diversa grandezza ed eleganti poltrone in velluto giallo e verde. Al centro, uno sgabello.

Vidi mio fratello, circondato da gente come Malagigi e Portanova. E vidi Koch che gli girava intorno, le mani dietro la schiena come uno che ha molto da pensare.

«Lucio, che dici, posso?».

«Che cosa?».

«Non so se posso».

«Puoi cosa?!».

«Vorrei, ma non posso. La volontà di fidarmi di te ce l'avrei. Ma devo usare la ragione. E la ragione mi dice che, anche se voglio, non posso. Mi dispiace. Io ti volevo bene. Facevi la fame e ti ho dato da mangiare nel palmo della mia mano. Volevi essere importante e ti ho fatto sentire un dio. Ho sempre provveduto per te. Come un fratello. E tu come mi hai ricambiato? Eh? Piccolo borghesuccio visionario. Con la menzogna, il pettegolezzo, l'infamia!».

«Ne tradirei cento come te per non tradire la Causa».

«Lo vedi? Tu mi misuri col tuo piccolo metro. Tu, un povero mezzo cieco scartato dal fascismo. Sei debole, sei stupido, parli come un libro stampato. E ti sei messo in testa di fare le scarpe a me! Non ti posso nemmeno usare perché non servi a niente. E allora sai che faccio? Ti sputo via, come un catarro. Ti porto via tutto, ti rendo invalido così nemmeno il tuo amico questore ti vorrà più!».

Koch si avvicina a Lucio. Si china su di lui e gli passa la mano davanti agli occhi.

«Le porti ancora le lenti a contatto?».

Koch si rivolge ai suoi uomini.

«Pensateci voi».

Lo afferrano da dietro. Gli stringono sulla testa il nodo malese.

Lucio urla.

Qualcuno, forse Malagigi, afferra un tagliacarte e lo colpisce sulle tempie. Una. Due. Tre volte. Il dolore è atroce. Il sangue schizza. La lente si rompe nell'occhio. Lucio non vede quasi più nulla. Gli aguzzini sono ombre che gli ondeggiano davanti. Ancora un colpo, sull'altro occhio.

Don Alfonso si avvicina, soccorrevole. Gli mette un fazzoletto sotto il naso.

«Poverino, asciugati».

Portanova lo colpisce sulla nuca.

Un dolore acuto al setto nasale.

Lucio sviene.

Uscii senza voltarmi, scacciando l'orribile pensiero che Lucio avesse avuto quello che si meritava, mentre io...

Avevo bisogno di parlare con qualcuno. Di confidarmi, altrimenti sarei impazzito. Non potevo più tenermi dentro il segreto che fin dall'inizio della mia ricerca mi aveva tolto il sonno.

Capitolo settimo

A Valle Mosso avevo conosciuto una ragazza. Si chiamava Nina e lavorava negli uffici amministrativi di una fabbrica tessile nel biellese. Passava al presidio una volta alla settimana per farmi firmare i lasciapassare degli operai per le ore di coprifuoco.

Era gentile, graziosa. Sembrava estranea alla cattiveria e alla sorda diffidenza che si era diffusa tra la gente come una malattia contagiosa.

Di solito ci scambiavamo poche parole e molti sorrisi.

Una sera d'inverno la incontrai in una circostanza ben più drammatica. C'era stata un'incursione dei partigiani, che avevano freddato il sindaco di Valle Mosso e due iscritti al PFR. Li avevano sorpresi di domenica, all'uscita dalla messa. Tra le vittime c'era il capoufficio di Nina.

Mi recai sul posto per procedere al riconoscimento dei cadaveri. I corpi erano adagiati nella neve, contro il muro laterale di una chiesetta in cima a una collina avvolta nella nebbia invernale.

Dovetti sovrintendere alla macabra cerimonia, in mezzo a un gruppo di donne dolenti, madri, mogli e figlie delle vittime. Provai a interrogarle sull'accaduto, ma riuscivo a stento a capire lo strettissimo dialetto piemontese.

Ero spaesato. Percepivo la loro ostilità nei miei confronti, un "terrone" in camicia nera che non avrebbe fatto altro che causare nuovi lutti e rendere vedove e orfane altre donne come loro.

Nina era lì, aveva accompagnato la moglie del suo capoufficio. Quando mi accorsi di lei stava osservando i miei sforzi di condurre gli interrogatori con discrezione, di ottenere informazioni senza ricorrere a minacce e intimidazioni.

Ebbi l'impressione di suscitarle tenerezza.

Quando cercai di farle qualche domanda rispose a monosillabi e poi mi domandò a bruciapelo:

«Che ci fa qui un ragazzo come te?».

Non seppi risponderle. Avevo esaurito da tempo il repertorio delle frasi fatte.

Giorni dopo andai a trovarla in fabbrica per rivolgerle qualche ulteriore domanda sull'attentato di Valle Mosso. Quando fu chiaro a entrambi che l'indagine era solo un pretesto mi invitò a fare un giro della fabbrica.

Mi illustrò il procedimento della filatura, spiegandomi che da tempo ormai si usavano solo materiali autarchici: il cafioc, un derivato della canapa che sostituiva il cotone, e il lanital, un prodotto tessile ottenuto dalla caseina del latte che aveva qualità simili alla lana.

«Certo, non ha la morbidezza del cachemire e nemmeno il calore della lana vergine».

Si riprese e aggiunse con un sorriso:

«Oddio, ho detto qualcosa di sbagliato...».

«Punibile con l'arresto...» scherzai.

«Voi di dove siete?».

«Di Napoli».

«È tanto che mancate da casa?».

«Più di tre anni...».

Mi studiò con simpatia. Poi, con quel suo modo disarmante, mi chiese:

«Perché i fascisti si vestono di nero?».

«Non lo so, non me lo sono mai chiesto».

«Lo sapete che il nero è uno dei colori più difficili? In fabbrica ne produciamo quattro tipi: carbone, asfalto, antracite e seppia. Sette grigi, cinque marroni... Sono anni che non facciamo un verde prato o un giallo canarino o un lilla».

«Vedrete che presto potrete sbizzarrirvi».

«Che brutto questo "voi", ci vuole il doppio per dire una cosa».

«Vedrà che presto potrà sbizzarrirsi. Vedrai che presto potrai sbizzarrirti... Mi sa che è "sbizzarrirsi" il problema».

Ridemmo.

Nina mi mostrò un catalogo di stoffe elencandomi i nomi più strani:

«Blu De Pinedo, come il famoso aviatore, giallo Van Gogh, rosa Brivido, rosso Tiziano, blu-verde ottanio, verde Reseda...».

Notai una pagina del campionario priva delle didascalie.

«Come mai questi sono senza nome?» domandai.

«Non sono mai stati realizzati, per via della guerra...».

Le indicai un campione rosa a pois bianchi.

«Rosa mortadella» dissi, riuscendo a farla ridere.

Divertita, scrisse la didascalia sul catalogo.

«Se foste libera di farlo, quale colore scegliereste?».

«Mi piacerebbe un Romeo e Giulietta del colore dei suoi occhi...».

«È un colore che starebbe bene con il nero dei vostri capelli».

«Scusate, vi ho dato del "lei", è proprio che non ci riesco a usare il "voi"».

«Per me è più facile, a Napoli tutti si danno del voi».

«Non sono mai stata a Napoli. Per la verità non sono mai andata oltre Alessandria...».

«Prova a immaginarla guardando nei miei occhi».

«Siamo passati al tu...».

«A Napoli si passa al tu quando ci si conosce meglio».

«Se è per questo anche qui da noi».

Ci sorridemmo.

«Sono contenta di averti conosciuto meglio».

«È la guerra che mi ha portato qui, in circostanze normali non ci saremmo mai incontrati».

«Vuol dire che a volte la guerra può essere bella».

Mi si accapponò la pelle.

«No, la guerra non è mai bella. Ma tu sì».

Venne il momento di salutarci.

Nel cortile della fabbrica c'era un'auto in ottime condizioni.

«Nascondctela» le suggerii, «altrimenti i tedeschi ve la portano via».

Ci incontrammo ancora, fino a diventare amanti. Avevo intuito che le sue simpatie andavano alla Resistenza, ma non mi importava. In fondo aveva solo ventidue anni, era così giovane. Eravamo tutti così giovani.

Per non comprometterla con il paese a volte fingevo di arrestarla. Tra noi c'era una forte attrazione ma, date le circostanze, evitavamo di fare progetti. Era impossibile immaginare cosa sarebbe accaduto "a cose finite". Dentro di me pensavo che avrei perso la guerra e che avrei perso anche lei. Per questo evitavo di parlare di un avvenire che, almeno per me, forse non ci sarebbe nemmeno stato.

Un giorno, mentre eravamo insieme nel mio alloggio, la porta si spalancò ed entrò Furini, scortato da due militi.

«Mi dispiace, tenente» disse, «ma abbiamo forti sospetti che questa donna sia una staffetta partigiana. Dobbiamo interrogarla».

Furini sprizzava soddisfazione da tutti i pori. Era eccitato. Mi aveva sorpreso nudo nel letto con una spia dei partigiani. In un colpo solo aveva distrutto la mia autorità e la credibilità nei confronti dei miei uomini.

Afferrò Nina con le sue zampe da orso e la trascinò via, sollevandola di peso, senza nemmeno darle il tempo di rivestirsi.

Coprendomi con il lenzuolo urlai, abbaiai ordini ma i due militi mi impedirono di uscire dalla stanza.

Non mi fecero assistere all'interrogatorio, ma seppi che Furini l'aveva picchiata. Nessuno volle dirmi se l'aveva anche violentata. Naturalmente non scoprì niente a suo carico. Niente più di quello che non sapessi già.

Come con Nadja, in Russia. In tempo di guerra l'amore è un reato.

Furini si atteggiò a generoso con me. Non fece nessun rapporto nei miei confronti. Gli bastava avermi esautorato di fatto dal comando del mio presidio.

Per settimane subii la sua prepotenza, i suoi metodi violenti. Al momento di arrestare due giovani fratelli per renitenza alla leva, finse di lasciarli andare ma poi li falciò alle spalle con il suo Thompson. Non contento, impose ai genitori dei due ragazzi l'umiliazione di trasportare i corpi per la strada principale del paese, spingendoli su un carretto.

Io verbalizzai quell'inutile, vile omicidio a sangue freddo come "fucilazione alla schiena di due disertori". Mi disprezzai per la mia debolezza e decisi che sarebbe stata l'ultima porcata del sergente Furini.

Contattai Nina di nascosto. Portava ancora i segni delle botte di quell'animale. Le promisi che avrebbe ottenuto giustizia.

Sapevo che il giorno successivo saremmo usciti per un rastrellamento. Fornii a Nina le coordinate dei nostri spostamenti. Feci in modo che, in un momento della perlustrazione, Furini rimanesse isolato.

Lo crivellarono di colpi.

Da lontano gli vidi fare cinque passi lunghi e lenti prima di cadere sulle ginocchia. Continuava a imbracciare per inerzia il mitra. Dal fitto del bosco emersero due partigiani. Gli si avvicinarono alle spalle. Furini non riusciva nemmeno più a sollevare il capo. Uno dei due gli si piazzò davanti, si chinò e gli tolse il mitra di mano quasi con delicatezza, poi glielo puntò addosso con l'indifferenza del macellaio che abbatte un manzo. La scarica partì veloce, potente e fece rimbalzare all'indietro il corpo del sergente finché non rimase arcuato in una posizione innaturale. Il partigiano lo spinse a terra con un piede e sputò sul cadavere.

Alla fine s'erano presi il suo Thompson.

A metà aprile del '45 nel presidio regnavano il nervosismo e la confusione che precedono l'ultima difesa.

Nel mio ufficio arrivavano in continuazione dispacci da altri presidi: un lungo elenco di rese senza condizioni, concluso da un ordine di ritirata accompagnato da una nota: fucilare tutti i prigionieri prima di evacuare. Avremmo dovuto massacrare senza ragione tre ragazzi inermi per poi farci ammazzare nel primo vallone in cui ci fossimo trovati allo scoperto. Mandai a chiamare il parroco per avviare la trattativa per la resa.

In un primo momento si mostrò diffidente. Temeva si trattasse di un trucco per individuare le postazioni partigiane. Ma le mie parole accorate, e più ancora la mia stanchezza, lo convinsero: non ci sarebbero stati altri inutili spargimenti di sangue. L'unica condizione che posi fu l'onore delle armi, come si conveniva a dei soldati dell'Esercito Italiano. Come prova di buona fede feci liberare il più giovane dei prigionieri, un ragazzo di diciassette anni che piangeva tutte le notti invocando la mamma.

Il giorno della resa, tra noi e i partigiani che vennero a prelevarci s'instaurò rispetto reciproco.

Fummo scortati fino a un santuario circondato da un rigoglioso giardino, un posto appropriato alla bellezza della giornata primaverile, che trasmise a tutti una sensazione di rassicurante tepore dopo tanto fango e neve.

L'attesa per conoscere la nostra sorte si dilungò più del dovuto. Ottenni il permesso di chiedere informazioni giù in paese, dove si era installata una grossa formazione partigiana.

Portavo ancora la pistola, secondo la convenzione internazionale. Lungo il sentiero incrociai una colonna delle Brigate Garibaldi: il loro comandante inorridì alla vista di un ufficiale repubblichino privo di sorveglianza e per giunta armato. Fui disarmato e riportato indietro.

Due giorni dopo ci trasferirono a Sordevolo per essere giudicati da un tribunale del popolo.

Italo Fagnola fu ucciso appena scese dal camion. Aveva reagito a uno sputo con una testata.

Fecero in fretta a condannarci a morte.

Venimmo condotti al cimitero e schierati contro un muro, uno di fianco all'altro. Eravamo in undici. Tra i partigiani c'era anche Nina. Intontito dalle botte e dalla paura, non mi accorsi di lei finché non mi prese per mano e mi tirò via. Le opposi resistenza. Ormai non desideravo altro posto al mondo se non quel "terzo da sinistra" contro il muro del cimitero.

Mi afferrò un braccio con entrambe le mani e mi strappò al muro con tutta la forza che aveva, urlando ai suoi:

«Questo no! È bravo. Lo so io! E non rompete le palle!».

Poi mi trascinò di lato. Fu lei stessa a urlare il comando: «Sparate!» più per evitare ripensamenti e opposizioni che per una foga omicida che non le apparteneva.

La raffica mise fine alle urla e ai lamenti.

Dieci corpi caddero lentamente con dei tonfi leggeri, cui seguì un rispettoso silenzio nei confronti della morte che, ora lo sapevo, aveva il colore delle nostre camicie.

Il giorno successivo mi misero a spazzare il cortile di una caserma. Ero l'unico prigioniero, in attesa di essere consegnato agli americani.

Mentre spazzavo cantavo a squarciagola *'O sole mio* per scacciare l'insopportabile dolore di un ascesso che mi era scoppiato nella notte e mi gonfiava la guancia destra.

Quando Nina venne a trovarmi non mi fermai. Continuai

a cantare, come un demente. Era la donna che mi aveva salvato la vita, la partigiana per cui avevo tradito un mio camerata. In un tempo che mi sembrava tanto lontano l'avevo baciata, ma ora ne avevo dimenticato il sapore.

Non volevo vederla. Non volevo vedere nessuno. Cantavo in una lingua che nessuno di loro poteva comprendere. Non volevo essere compreso, non volevo più piacere a nessuno. Non volevo più.

Nina capì.

Lasciò che sollevassi sbuffi di polvere con la scopa di saggina, nascondendole il viso deformato dall'ascesso.

Non la vidi mai più.

«Sono lusingato che abbia scelto proprio me per confidarsi» disse l'ex questore Manfredini.

Era a lui che avevo raccontato tutto. Di Lucio, di Nora e di me.

«Purtroppo non sono un fine psicologo» aggiunse. «Ma solo un poliziotto in pensione. Mi vengono meglio le domande che le risposte. E quindi le chiedo: cosa conta di fare adesso?».

Raccolsi le idee e parlai tutto d'un fiato:

«Ho sempre vissuto all'ombra di mio fratello e negli ultimi tre anni mi sono sentito in colpa nei suoi confronti. Ero convinto che fosse stato ucciso dai partigiani, mentre io avevo salvato la pelle grazie a una di loro. E a un tradimento. Ma ora che so come stanno le cose non ho più niente a cui aggrapparmi. Se invece di arrendermi avessi combattuto…».

«Sarebbe morto. Amen. Se vuole la mia opinione io dico che ha fatto benissimo a sbarazzare il mondo da quel pazzoide, il sergente…».

«Furini».

«E sono lieto che un giovane sano e di buoni princìpi si sia salvato. Almeno lei, in mezzo a tanti morti!».

«Salvato… Da chi? Da che cosa?».

«Dalle assurde convinzioni di suo fratello, ad esempio. Quanto a questa Nora Diamanti…».

Lo vidi corrucciarsi, perdere per un attimo quella sua aria da zio bonario.

«Al punto in cui siamo, sento il dovere di mostrarle una cosa».

Mi lasciò da solo per qualche minuto a contemplare le pareti del suo studio.

Tornò con una cartellina di cartone. Conteneva delle fotografie. Mi disse che le aveva trovate in mezzo agli incartamenti sequestrati al Reparto speciale. Me le porse dicendo: «Spero di fare bene».

Erano scatti che mostravano alcuni giovani in costume da bagno, sulle rive di un fiume. Uno lo riconobbi subito, era Ettore Malagigi, con un foulard in testa e un rametto in bocca, che giocava a fare il pirata della Malesia. Un altro, con i pantaloni arrotolati al polpaccio, teneva ferma una barchetta per far salire una ragazza cicciottella che sorrideva all'obiettivo. Sullo sfondo era ben visibile una coppia che si baciava con passione.

Erano Nora e Lucio. Lucio e Nora. La mia amante era stata l'amante di mio fratello.

Aveva ingannato lui come stava cercando di ingannare me? O ancora una volta, come sempre, non ero altro che il rimpiazzo di mio fratello?

L'ex questore interruppe i miei cupi pensieri.

«È lei, vero?».

Annuii.

«Non si chiama Nora Diamanti. Il suo vero nome è Alessia Reale. E non ha mai lavorato per me. Le ha raccontato un fritto misto di bugie e mezze verità. Forse l'unica cosa che sta in piedi è il ruolo di don Alfonso Vacca nella cattura di Lucio. Come vede, ci sono persone ben peggiori di lei».

Mi alzai di scatto, stringendo i pugni.
«Cosa vuol fare adesso?» chiese Manfredini.
«Chiudere i conti».
«Con la donna?».
Il mio silenzio fu la risposta.
«Non sia impulsivo. E soprattutto non faccia sciocchezze».
Si alzò, si tolse la vestaglia da camera e indossò una giacca dal taglio molto elegante.
«Devo solo fare una telefonata».
Alzò la cornetta e compose un numero.
«Pronto? Sono io. Sto partendo per la Toscana... Sì. Avrei bisogno che mi tenessi il cane. Ci pensi tu? Bene, mi togli un pensiero. D'accordo. Ciao».
«Era mia figlia» mi spiegò mentre abbassava il ricevitore.
Aprì un cassetto della scrivania e tirò fuori una pistola.
«Sono pronto. Vogliamo andare?» mi disse flemmatico.
«Dove?» chiesi, non riuscendo a capire le sue intenzioni.
«A parlare con don Alfonso Leonida Vacca. Secondo me non ha detto tutto».
Rimasi a bocca aperta. Sembrava che avesse dieci anni di meno.

Passando davanti alla statua di Giovani da Verrazzano pensai che c'era qualcosa di sbagliato nel voler immobilizzare in un blocco di bronzo un uomo che aveva fatto dell'irrequietezza la propria ragion d'essere. Lo stesso avevo fatto io con Lucio. Pur di non accettare la nostra diversità lo avevo innalzato su un piedistallo, gli avevo eretto un monumento senza comprendere la sua inquietudine.

Ora mi accompagnavo a un uomo che aveva trent'anni più di me e si era proposto come una sorta di Virgilio nelle tappe finali della mia discesa all'inferno. Non mi aveva chiesto nulla in cambio, anzi. Fin dal nostro primo incontro era stato generoso e disponibile. Aveva preso a cuore la mia ricerca, dimostrandomi una fiducia e una partecipazione incondizionate. Ne ero commosso, e poco mi importava se avesse una sua motivazione nascosta, magari semplicemente il desiderio di riscattare una vita passata all'ombra di un potere che, nel profondo del suo cuore, non aveva condiviso ma piuttosto subìto. Non avevo fatto obiezioni quando si era proposto di accompagnarmi a un confronto che poteva essere troppo impegnativo per un uomo della sua età.

Nel viaggio da Milano a Firenze mi aveva raccontato di sé, della moglie morta sotto i bombardamenti e della figlia, per la quale avrebbe fatto qualunque cosa.

Sulla corriera, invece, nel breve tragitto da Firenze a Greve, eravamo rimasti in silenzio, consapevoli di ciò che ci aspettava: il confronto con un uomo pericoloso e infido che avremmo dovuto cogliere di sorpresa se volevamo strappargli la verità.

Mentre percorrevamo la stretta salita che conduceva in via Guelfa gli chiesi se preferiva che tenessi io la pistola. Mi dimostrò ancora una volta equilibrio e buon senso, rispondendomi che ero troppo coinvolto emotivamente e che la situazione avrebbe potuto sfuggirmi di mano. Non eravamo lì per mettere in scena un'altra tragedia, ma per estrarre la verità dal caos che rischiava di travolgermi.

Decidemmo che avrei lasciato fare a lui, affidandomi alla sua trentennale esperienza di poliziotto. Io sarei intervenuto solo per contrastare un'eventuale reazione violenta di don Alfonso. Manfredini intendeva usare la pistola solo come deterrente, dal momento che non avrebbe potuto reggere un confronto fisico con un uomo giovane e deciso come l'ex prete.

Per entrare in casa escogitammo uno stratagemma piuttosto semplice. Manfredini si sarebbe presentato come il nonno di una giovane ragazza da poco trasferitasi a Greve e desiderosa di prendere lezioni di pianoforte, mentre io sarei rimasto in disparte, senza farmi vedere. L'unica incognita era che don

Alfonso avrebbe potuto riconoscere il questore. Una possibilità remota: Manfredini era sicuro che non si fossero mai incontrati e avrebbe badato a celare parte del viso con il panama che aveva indossato alla partenza.

La casa al secondo piano era silenziosa.

L'ex questore suonò il campanello mentre io mi nascondevo dentro il portone che, come la volta precedente, era socchiuso.

Don Alfonso si affacciò alla finestra e Manfredini gli ammannì la storiella delle lezioni di musica. L'ex prete lo invitò a salire, senza evidentemente sospettare nulla.

Fin lì tutto procedette secondo il nostro piano.

Salimmo l'angusta scala interna. Manfredini bussò. Il rumore del chiavistello annunciò l'apertura della porta. Appena la vide schiudersi il questore si scostò quel tanto da consentirmi di irrompere con una spinta violenta. La porta colpì in piena faccia don Alfonso. L'urto fu più violento di quello che avevo calcolato. Il perno della catenella di sicurezza lo aveva centrato proprio in mezzo agli occhiali. Spinsi l'ex prete contro il muro e completai l'opera con una testata sul naso, come avevo visto fare ai fratelli Fagnola. Sentii lo scricchiolio del naso che si fratturava mentre don Alfonso lanciava un urlo stridulo.

Glielo dovevo, per tutto quello che aveva fatto a Lucio.

Manfredini mi poggiò una mano sulla spalla.

«Basta» disse con voce calma ma decisa.

Aveva ragione, naturalmente. Non eravamo lì per massacrarlo ma per farlo parlare.

Quando don Alfonso riaprì gli occhi velati di lacrime, si ritrovò in faccia la canna della pistola di Manfredini. Lo aiutai a rialzarsi e lo sorressi fino alla poltrona del suo studio, mentre l'ex questore gli teneva la pistola puntata alla nuca. Il naso sanguinava copiosamente. Manfredini gli porse un fazzoletto.

Come spesso succede con gli aguzzini quando i ruoli si ribaltano, fu sufficiente la minaccia di sottoporlo ad alcuni dei sistemi che tante volte lui e quelli della banda Koch avevano usato contro le loro vittime. Ormai ero ben preparato sull'argomento. Quanto a Manfredini, mi assecondò interpretando alla perfezione la parte del poliziotto buono. Ogni volta che rischiavo di perdere il controllo lui mi fermava, impedendomi di commettere ulteriori violenze di cui in seguito mi sarei pentito. E di questo gli fui grato.

Manfredini si dimostrò abilissimo. Faceva domande dirette e, quando aveva la sensazione che l'ex prete cercasse di sfuggire ad ammissioni che avrebbero potuto costargli care, lo faceva cadere in contraddizione, costringendolo a confessare di aver mentito.

Don Alfonso conosceva Nora e confermò che il suo vero nome era Alessia Reale. Disse che aveva sempre lavorato per Koch e che aveva irretito Lucio per conoscere in anticipo le eventuali mosse di Manfredini contro la banda. Era stata lei a tradire Lucio.

Mi intromisi per chiedergli perché, allora, fosse stata torturata da Koch. Don Alfonso rispose che nessuno le aveva mai torto un capello. Confermò che l'irruzione coordinata da Manfredini era stata tempestiva perché Koch stava preparando la contromossa: indurre il ministro degli Interni a far dimettere Manfredini stesso e il capo della polizia. Si giocò tutto in ventiquattr'ore.

Alessia Reale sfuggì all'arresto riuscendo a convincere Lucio che era stato lui, don Alfonso, a scoprire il suo doppio gioco. Il prete si era salvato grazie al proprio intuito, facendosi assegnare ad altro incarico prima dello scioglimento del Reparto, come già mi aveva raccontato.

«Chi uccise Lucio?» gli chiesi, divorato dall'impazienza.

«Koch gliel'aveva giurata, ma finché rimase in carcere, a San Vittore, evitò mosse azzardate. Il momento propizio arrivò il 25 aprile del '45, quando i tedeschi liberarono lui e il resto del Reparto. Koch aveva pronto il piano di fuga e commissionò l'eliminazione di Lucio a Malagigi, approfittando del caos che si era creato in città con l'ingresso dei partigiani. Malagigi accettò per una manciata di quattrini. A lui Lucio non era mai piaciuto. Lo considerava un gran rompipalle. Ma da solo non poteva farcela. Nonostante fosse ridotto male, soprattutto a causa degli occhi, Lucio era troppo in gamba per lui. E qui entrò in gioco Alessia, che però alzò il prezzo. Sapeva che Koch disponeva di vari tesoretti, fondi segreti destinati a garantirsi la fuga e un futuro all'estero. Koch le consegnò la chiave di una cassetta di sicurezza. La delega per aprirla gliel'avrebbe data a cose fatte. Non credo sia stato difficile per Alessia attirare Lucio in una trappola. In fondo lui ne era ancora innamorato. Ciecamente...».

Don Alfonso non aveva saputo rinunciare al suo sarcasmo, e io lo punii colpendolo di nuovo sul naso rotto. Urlò di dolore, ma mi sfidò con uno sguardo feroce, rivelando finalmente la sua vera natura.

«Tuo fratello era un coglione. A quel che so gli hanno sparato in mezzo alla strada, come un cane. In quei giorni era facile. Bastava ammazzare uno e poi urlare che era un fascista. Magari gli hanno pure sputato addosso».

Manfredini mi trattenne dal colpirlo ancora e gli chiese:

«Cosa accadde in seguito?».

«Immagino che qualcosa andò storto. Forse la chiave che Koch aveva dato ad Alessia non apriva nessuno scrigno. Oppure Koch, sentendosi in pericolo, anticipò la partenza fregandosene della delega per la banca che le aveva promesso. Giuro che non lo so».

Lasciammo don Alfonso con la minaccia che saremmo tornati in caso avesse cercato di avvertire Malagigi o Alessia.

Fu convincente nel dirci che, per quanto lo riguardava, quei due potevano bruciare all'inferno, e noi con loro. Ripeté a beneficio di Manfredini la favoletta dell'espiazione attraverso l'educazione musicale dei giovani.

Tanto per fargli capire cosa pensassi del suo desiderio di redenzione gli sfasciai il pianoforte, tasto dopo tasto.

Sotto casa incontrammo la ragazza dai capelli rossi. La fermai e le dissi che don Alfonso aveva avuto un incidente e che non avrebbe potuto farle lezione per molto tempo. Le consigliai di scegliersi un altro insegnante di musica, preferibilmente di sesso femminile.

Quando tornai a casa di Alessia cominciava ad albeggiare. Avevo la chiave e non mi premurai di bussare. Lei era seduta accanto alla finestra. Sembrava non si fosse mai mossa di lì, come se avesse vegliato per il mio ritorno.

«Sei tornato» disse facendomi intendere che le sue preghiere erano state esaudite.

Ammirai la sua freddezza, la capacità di dissimulare le emozioni, ammesso che ne avesse. In questo era una vera professionista.

Non fece domande e io evitai di darle spiegazioni riguardo alla mia assenza.

Andai a sedermi sulla sponda del letto.

«Eri la sua amante».

«Abbiamo solo diviso la nostra infelicità. Erano tempi così, era tutto estremo. Facevamo un lavoro oscuro, nell'ombra».

«Procuravate gli agnelli per il sacrificio».

«Non sempre. A volte facevamo la cosa giusta. Denunciavamo i corrotti, i traditori».

«Traditori... È la parola che ho sentito di più negli ultimi mesi».

Restammo in silenzio per alcuni lunghi minuti. In controluce non riuscivo a vederla bene in volto, mentre lei era nella condizione di studiare ogni sfumatura del mio viso. Meglio così, pensai. Volevo darle l'illusione di avere ancora il controllo, di essere in vantaggio.

«So cosa pensi, ma io e Lucio...».

«Non importa» la interruppi. «Lucio ha ingannato innanzitutto sé stesso. Credeva di essere un mistico della rivoluzione, votato al sacrificio, disposto a rinunciare a ogni forma di legame terreno, come un santo. Ma in realtà non era che un frustrato, mosso da una smodata ambizione di cui non era nemmeno consapevole. Cercava una rivalsa contro quelli che non lo avevano apprezzato e voleva il giusto risarcimento alla sua infermità. Credeva di valere molto, ma temo che non fosse così speciale. La convinzione di essere superiore a tutto aveva distorto la sua visione del mondo. Voleva essere riconosciuto e ammirato non per quello che era, ma per quello che credeva di essere. Uno come Koch, che aveva fatto dell'Idea una professione, doveva aver avuto buon gioco con una persona instabile e insicura come Lucio. Koch aveva capito il suo paradosso: sarebbe stato in grado di uccidere solo se qualcuno lo avesse ritenuto capace di farlo. Era stato come persuadere un analfabeta di poter scrivere un poema. Un professionista dell'Idea sa che la lealtà è sempre condizionata a qualcos'altro. È questo il veleno che ha ucciso Lucio. Non era importante giocare per una squadra, contava rimanere in campo a ogni costo. Ma nel campo dei professionisti dell'Idea c'è sempre uno più bravo, più furbo, più allenato, più corrotto. "Molti nemici, molto onore" diceva il Duce. Certo, ma quando ti restano solo i nemici non duri a lungo. Sei fuori dal gioco. Eliminato. Ammesso che sia vero, Lucio ha voluto lasciarmi un'eredità solo perché almeno io non lo dimenticassi. Quanto a noi, me ne hai parlato solo perché hai bisogno di me. E allora ti propongo un patto: io ti aiuto in cambio della metà di quello che troveremo nella cassetta di sicurezza, se troveremo qualcosa. Poi, ognuno per la sua strada».

Aveva ascoltato senza battere ciglio. Alla fine si alzò e disse: «Per i documenti serve una tua fototessera».

Una mattina di luglio Alessia rientrò con la carta d'identità falsificata. Non ero un esperto, ma mi sembrò perfetta. Ancora una volta dimostrò di essere una professionista.

Tra noi, ormai, ci limitavamo a comunicazioni di servizio. Dividevamo la tavola e il letto senza nemmeno prendere in considerazione la possibilità di un contatto fisico. Eravamo due soci in procinto di liquidare l'azienda. Per questo mi stupii quando quella mattina mi abbracciò dicendomi che aveva paura.

«Non abbiamo niente da perdere» le dissi, più per scrollarmela di dosso che per rincuorarla.

«Ieri notte hanno ammazzato Ettore Malagigi».

La notizia avrebbe dovuto suscitare in me una reazione. Era morto l'assassino di mio fratello. Invece non provai niente. Come se mi avessero anestetizzato il cuore.

«Dicono che sono stati quelli della Volante Rossa».

Ne avevo sentito parlare. Una formazione eversiva di fuoriusciti dal PCI, composta da giovani di estrazione proletaria ed ex gappisti, decisi a chiudere i conti con quei fascisti che dopo il 25 aprile del '45 l'avevano scampata. Agivano a Milano e dintorni, in attesa che il partito ordinasse "la seconda ondata" di quella che ritenevano una rivoluzione incompiuta.

«Hanno tirato una bomba a mano nell'osteria, all'ora della chiusura».

«E se fossi stata tu?» scherzai con un cinismo di cui solo qualche giorno prima sarei stato incapace. «Per eliminare uno scomodo testimone del colpo favoloso che stiamo per mettere a segno».

Mi rispose a tono: «Avrei aspettato di fare il colpo».

Quella donna era mossa da una logica ferrea.

«Non può essere una coincidenza» continuò. «Perché proprio adesso? Nessuno gli aveva mai dato fastidio. Gestiva l'osteria da due anni e tutti lo conoscevano come Alfio Toschi».

«Io l'ho scoperto e non è stato difficile».

«Tu avevi contatti all'interno. Per i rossi era molto più complicato».

«Magari un cliente l'ha riconosciuto e ha riferito ai compagni».

Annuì, ma non mi sembrò tranquillizzata.

«Non sei stato tu a denunciarlo, vero?».

«Io? Alla Volante Rossa? Semmai l'avrei ammazzato con le mie mani».

«No. Tu non sei capace di uccidere» disse, e cogliendomi di sorpresa mi accarezzò delicatamente una guancia.

Mi fu inevitabile pensare che avrebbe voluto fidarsi ma proprio non ne era capace. Provai un senso di soddisfazione nell'assistere allo spettacolo della sua tormentata incertezza.

«Io vado» dissi, riportandola alla concretezza dei nostri affari.

«Aspetta. Non puoi andare in banca conciato a quel modo».

Mi guardai allo specchio. Il vestito stazzonato mi dava un aspetto da barbone dignitoso che avrebbe potuto compromettere la mia credibilità di legittimo proprietario di una cassetta di sicurezza.

Le rivolsi uno sguardo incerto.

Aveva ripreso il controllo. Aprì il vecchio armadio e tirò fuori un abito blu da uomo. Lo riconobbi subito. Era il vestito di Lucio.

«Dovrebbe andarti bene» disse squadrandomi con occhio clinico, senza nessuna emozione. Per lei contava solo il lato pratico. L'abito di Lucio era la soluzione a un problema, punto. L'implicazione emotiva era solo un fastidioso effetto collaterale, decisamente tollerabile.

Presi l'abito e lo appoggiai sul letto. Mi cambiai e tornai a guardarmi allo specchio. Ero nei panni di mio fratello. Ancora una volta.

«Ti sta benissimo» disse Alessia alle mie spalle.

*

In banca avrei dovuto andarci da solo. Secondo il piano concordato, Alessia mi avrebbe aspettato a casa. Invece mi accorsi che mi stava seguendo. Del resto, la fiducia era un lusso che non poteva permettersi. Nella cassetta di sicurezza c'era la sua assicurazione, la garanzia di un bell'avvenire, senza più stenti, senza più patemi.

Prima di entrare nella sede centrale della Banca Commerciale le feci un cenno di saluto per dimostrarle che non mi ero offeso per la sua diffidenza.

Fui accolto da un funzionario fresco di nomina.

La sua giovane età e l'aspetto perbene da laureato alla Cattolica mi tranquillizzarono. Difficilmente mi avrebbe collegato a una banda di assassini di cui stavo per prelevare il tesoro nascosto, frutto di soprusi e illeciti. Esaminò fiducioso la delega e la carta d'identità contraffatta e mi invitò a seguirlo.

Mi scortò fino al caveau, precedendomi lungo un corridoio di acciaio luccicante, e si fermò davanti a una parete composta da centinaia di cassette, ognuna con una sigla numerica incisa sul dorso e due fessure orizzontali. Mi chiesi cosa avrei fatto se la mia chiave non fosse entrata.

Sfilò il passe-partout dal taschino del panciotto e lo girò nella serratura di sinistra. Quindi mi invitò con un gesto elegante a fare altrettanto. Cercando di trattenere il tremore della mano porsi la chiave all'addetto, pregandolo di pensare lui ad aprire la seconda serratura. Lusingato per la fiducia, l'impiegato la infilò nella serratura di destra.

La chiave non girò.

«È molto che non la usa?».

Annuii. Avevo la gola troppo secca per cercare di dire qualcosa.

«Con le serrature bisogna essere delicati» mi disse con un sorriso rassicurante. «Un po' come con le donne». E arrossì all'audacia della battuta.

La serratura scattò.

«Fatto» disse, come se avesse appena disinnescato una bomba.

Seguendo un cerimoniale a cui era stato evidentemente addestrato, sfilò la cassetta di metallo, la tenne bene in vista e, sollevandola con entrambe le mani con la pomposità di un valletto, mi scortò fino a una saletta riservata. Poggiò la cassetta su un tavolo di legno massiccio e con un leggero inchino mi invitò a fare con comodo. Si allontanò discretamente, chiudendo una tendina scorrevole.

Ero solo.

Sollevai il coperchio di metallo.

Koch non aveva mentito. Era colma di mazzette di banconote, per lo più sterline e dollari, la valuta pregiata del futuro. Sollevai le banconote e scoprii un altro piccolo tesoro: collane preziose, parure di diamanti, anelli, bracciali, conservati in eleganti sacchetti di velluto e astucci di pelle.

Presi tutti i contanti e qualche gioiello e li infilai nella borsa di cuoio comprata con Alessia al mercato delle pulci. I pezzi più preziosi li lasciai nella cassetta di sicurezza.

Consegnai la cassetta al funzionario, che la rimise a posto e mi restituì la chiave con la solita, stucchevole gentilezza.

Sforzandomi di esibire la massima disinvoltura mi congedai dal commesso e uscii dalla banca.

Alessia era ancora sul marciapiede di fronte, nel punto esatto in cui l'avevo lasciata. La ignorai e mi avviai a passo sciolto.

Lei mi seguì camminando sul marciapiede opposto. Si vedeva da come allungava la falcata quasi saltellando che moriva dall'ansia di sapere. La tenni nell'incertezza fino all'ultima svolta prima di raggiungere casa. Solo allora le feci OK con le dita della mano.

Improvvisò un balletto fatto di saltelli e battiti di mani.

Sembrava una bambina che aveva appena ottenuto il permesso di comprare un bel gelato.

Mi infilai nel portone di casa, senza più voltarmi.

Capitolo ottavo

Avevo preparato tutto.

La bacinella di metallo. I pochi gioielli che avevo prelevato. Le banconote. La bomboletta di benzina che usavo per caricare l'accendino. I fiammiferi.

Avevo appoggiato la bacinella sul tavolo della cucina. Mi ero sfilato il vestito blu. Dopo averlo cosparso di benzina lo avevo messo nella bacinella. Poi vi avevo rovesciato il contenuto della borsa. Sotto i gioielli, sopra i soldi. Mi ero infilato i miei vecchi pantaloni e avevo atteso in piedi, con la scatola di fiammiferi tra le dita.

Entrò con un sorriso di trionfo sulla faccia e una bottiglia di spumante in mano.

La sollevò come un trofeo.

«Dobbiamo brindare» disse.

Spruzzai la benzina nella bacinella, godendomi la sua espressione di incredulità.

Sfregai la capocchia di zolfo contro la striscia di carta vetrata del pacchetto di fiammiferi.

Tenni il fiammifero acceso tra le dita perché capisse bene cosa stavo facendo.

La bottiglia le scivolò di mano, esplodendo sul pavimento.

Lasciai cadere il fiammifero nella bacinella.

La fiamma divampò in una frazione di secondo.

«Noooo!» urlò, e corse verso il fuoco come una falena impazzita.

Tuffò le mani nella bacinella nel tentativo di salvare il salvabile. Sentii la puzza di pelle e peli che bruciavano mentre riusciva ad arraffare un pugno di banconote.

Le afferrai le braccia e la trascinai all'indietro finché non andammo a sbattere contro la cassettiera della cucina. Urlava di rabbia e di dolore. Si dimenava come il capitone che mio padre comprava vivo per cucinarlo la vigilia di Natale. Una manica del vestito di chiffon aveva preso fuoco. Gliela strappai e la spensi pestandola sul pavimento.

Lei ne approfittò per lanciarsi sulla bacinella. La afferrai di nuovo, torcendole un braccio dietro la schiena.

«Spegnilo!» mi supplicò urlando.

«So tutto» le sibilai in un orecchio, sentendo l'odio che mi saliva alla testa. «Don Alfonso mi ha raccontato del patto che hai fatto con Koch per liberarvi di Lucio. Tu eri l'esca e Malagigi lo ha ucciso. Come hai potuto farlo? Eravate stati insieme. Ormai era tutto finito. Lucio era malato. Come hai potuto?».

Non mi ascoltava nemmeno. Continuava a divincolarsi, ad allungare il collo verso il fuoco.

«Spegnilo, ti prego. Spegnilo e ti dirò tutto».

La lasciai. Sullo slancio afferrò la bacinella, ne rovesciò il contenuto nel lavabo e aprì subito il rubinetto. Le banconote e il vestito di Lucio formarono una poltiglia scura sotto il getto d'acqua.

«Forse i gioielli sono salvi» disse frugando nel lavello come un cane randagio che ficca il muso in un cumulo di rifiuti.

Provai un senso di stanchezza e di sconforto nel vedere fino a che punto un essere umano può degradarsi per avidità.

«È finita, Alessia».

Si girò nel sentirmi pronunciare il suo vero nome.

«A quest'ora Manfredini avrà avvertito i carabinieri».

«Manfredini?».

«Sì, è lui che mi ha aperto gli occhi».

«Che idiota! Sei un povero idiota. Stupido, stupido, stupido!».

Prese dal lavello quello che si era salvato e lo infilò nella borsa di cuoio, che era rimasta sul pavimento.

«Dove credi di andare?» la minacciai.

Aveva il viso stravolto dalla rabbia, dalla delusione, dal dolore che le procuravano le ustioni alle mani e al braccio. Si girò verso di me come una furia.

«Ma non capisci? Manfredini usò Lucio per distruggere Koch. Ma utilizzò le informazioni acquisite da Lucio per stabilire un suo contatto personale con le frange moderate della Resistenza. Lo scenario politico stava già cambiando. Gli alleati di ieri sarebbero diventati gli avversari di oggi. Sto parlando di comunisti e democristiani, di russi e americani. Caduto il fascismo, bisognava organizzare il nuovo Stato seguendo un criterio di continuità. Occorrevano magistrati, poliziotti, funzionari, burocrati per garantire un passaggio alla Repubblica ordinato, senza scossoni, impedendo ai comunisti di salire al potere. Manfredini aveva il profilo ideale: fascista moderato, garante dell'ordine. La sua miglior credenziale era proprio l'arresto di Koch e lo scioglimento del suo Reparto. Lucio gli aveva servito su un piatto d'argento la propria verginità politica, che l'ex questore aveva già iniziato a sbandierare con l'OSS. Ma Lucio era un fanatico, un fascista votato alla morte pur di difendere la sua maledetta coerenza. Per lui era inconcepibile il solo pensiero di riciclarsi rinnegando il fascismo. Quando capì che anche l'uomo che gli aveva restituito una speranza era un traditore, un opportunista pronto a vendersi ai nuovi padroni, lo minacciò facendogli intendere che sarebbe stato capace di denunciarlo ai rossi, se necessario. Manfredini cercò di corromperlo offrendogli la chiave della cassetta di sicurezza che aveva sequestrato al contabile di Koch. A lui non interessano i soldi. È un uomo legato al potere. Non accettando, Lucio firmò la propria condanna a morte. Manfredini mi convinse a tradirlo in cambio di quello che tuo fratello aveva stupidamente rifiutato. Convinsi Lucio a incontrarci, promettendogli di aiutarlo nel suo tentativo di contattare i dirigenti del CLN. Era cieco, ormai, da solo non ce l'avrebbe fatta. Per questo accettò. Manfredini usò me come esca e Malagigi come sicario, in cambio dell'immunità a cose finite. Dopo aver sparato a Lucio, Ettore mi puntò contro la pistola. Manfredini gli aveva ordinato di uccidere anche me. Evidentemente non si fidava o voleva recuperare la chiave della cassetta di sicurezza. Ma Ettore non sparò. Era innamorato di me. In seguito disse a Manfredini che ero riuscita a scappare. Ecco perché ho dovuto cambiare identità e vivere nascosta. Se Manfredini mi avesse scoperta...».

«Sei brava. Davvero. Sei proprio brava. Ma non ti credo».

Mentre parlava aveva gettato alla rinfusa nella borsa di cuoio, insieme ai gioielli e alle banconote superstiti, un vestito, della biancheria e un paio di scarpe.

Io intanto mi ero avvicinato alla finestra. Gettai uno sguardo in strada, vidi arrivare una gazzella e una camionetta dei carabinieri. Riconobbi il mio amico, il capitano Casarsa.

«Stanno venendo a prenderti» le annunciai senza particolare emozione.

Quando mi voltai a guardarla impugnava una pistola. L'aveva presa dal cassetto della biancheria e me la stava puntando contro. Conoscevo bene la sensazione di sentirsi morto prima di morire. Mi era già successo.

Non sparò. Non perché non ne sarebbe stata capace ma perché non le sarebbe convenuto, con i carabinieri sotto casa.

Tenendomi a bada con la pistola si avvicinò alla porta.

«Sai chi è oggi Renato Manfredini? Uno dei servizi segreti».

«Non ti arrendi mai, vero?».

«Credo sia stato lui a ordinare l'omicidio di Malagigi».

«Addirittura» ironizzai.

«Chi pensi che abbia fatto la soffiata alla Volante Rossa? O, se preferisci, chi credi che abbia diffuso la notizia che è stata opera della Volante Rossa?».

«Getta quella pistola e consegnati. Con tutte le amnistie che fanno, te la caverai con poco. In fondo, non hai ucciso nessuno...».

«Addio, Fulvio. In altre circostanze avrei potuto amarti».

«Non esistono mai altre circostanze».

Sentii i suoi passi precipitosi lungo le scale. Chiusi la porta che aveva lasciato aperta e andai alla finestra. La vidi uscire in strada, la borsa di cuoio in una mano, la pistola dritta davanti a sé nell'altra.

Casarsa le intimò di fermarsi. Lei continuò a correre. Sentii gli spari. Uno, due, tre, quattro.

Nora, nella mia testa non riuscivo a chiamarla Alessia, arcuò la schiena. La pistola le sfuggì di mano. Poi si accartocciò in avanti aggrappandosi alla borsa come a una boa di salvataggio.

Cadde di lato, stringendo a sé il suo misero tesoro bruciacchiato. La gonna le si era sollevata, scoprendo le cosce nude e le mutandine.

A nessuno venne in mente di coprirla.

Scesi e raggiunsi Casarsa, che si affrettò a giustificarsi senza che gli avessi detto niente.

«Abbiamo dovuto aprire il fuoco. Era armata».

«Perché non hai fatto arrestare subito Malagigi?».

«Siamo arrivati tardi. C'è stato un attentato. Probabilmente la Volante Rossa».

«Come fai a dirlo? C'è stata una rivendicazione? Hanno lasciato un messaggio, una bandiera rossa, una scritta su un muro?».

«Non so che dirti, se ne sta occupando l'Ufficio politico».

L'Ufficio politico. Faceva molto Reparto speciale, pensai.

«Ma che hai?» mi chiese Casarsa. «Dovresti essere soddisfatto. Hai reso giustizia a tuo fratello. Non è quello che volevi?».

Non risposi, distratto dall'arrivo di una macchina scura. Dal sedile posteriore scese Renato Manfredini in compagnia di un uomo in abito grigio, più giovane di lui. Confabularono davanti al cadavere. L'uomo più giovane si chinò a raccogliere la borsa, strappandola all'abbraccio di Alessia. Manfredini gli disse qualcosa e quello che sembrava un suo sottoposto tirò giù la gonna. Quel gesto pietoso mi avrebbe commosso se la mia attenzione non fosse tutta concentrata su Manfredini, che si comportava come un funzionario in piena attività, non certo come un questore in pensione.

Un maresciallo dei carabinieri si avvicinò a me e a Casarsa.

«Capitano, sono arrivati quelli degli Affari riservati».

«Sì, ho visto».

«Scusami» mi disse Casarsa, e andò incontro a Manfredini. Si strinsero la mano e parlottarono per qualche secondo.

Affari riservati, adesso li chiamavano così. Le gambe mi tremavano. Manfredini *era* gli Affari riservati, e io il più stupido dei cretini. Alessia aveva detto la verità. Che pezzo di idiota.

Il questore mi venne incontro, elegante e sicuro di sé. Mi poggiò una mano sulla spalla con quel suo modo di fare così paterno, così rassicurante.

Stupido, mi ripetei mentre scostavo leggermente la spalla da quel contatto che mi faceva rabbrividire.

«Immagino che avrai capito chi sono. Mi dispiace di avertelo nascosto, ma c'era di mezzo la ragion di Stato. Il nuovo governo sta cercando di mettere in piedi un organismo di massima sicurezza. Hanno ancora bisogno di noi, dovresti farci un pensierino».

Lo fissai, incredulo.

«Ma al di là di questo» proseguì con disinvoltura, «ti voglio ringraziare. Mi hai permesso di rimediare a un torto. Sei un ragazzo in gamba, Fulvio. Anche più di tuo fratello».

Era una vita che avrei voluto sentirmelo dire. Ma non in quel modo, non da quell'uomo. Non così.

Guardai il corpo riverso di Alessia.

Credendo di interpretare i miei pensieri, Manfredini disse che tutto sarebbe stato archiviato in fretta, nel modo più semplice: una componente della famigerata banda Koch, ricercata da anni, aveva tentato di sfuggire all'arresto. Un trafiletto in cronaca e tutto sarebbe finito.

«Anche perché» aggiunse sibillino, «radio e giornali avranno ben altro di cui occuparsi nei prossimi giorni».

In quel momento non ero in grado di capire a cosa si riferisse, non avrei potuto nemmeno lontanamente immaginarlo e lui, d'altronde, lo sapeva bene. Aveva saputo bene tutto, sempre, fin dal nostro primo incontro.

Con senso pratico accennò ai gioielli che avevo lasciato nella cassetta di sicurezza seguendo alla lettera le sue istruzioni. Disse che nessuno avrebbe indagato in proposito e mi suggerì di considerarmi il loro legittimo proprietario. Dovevo solo tornare con calma in banca per prelevarli. Si disse sicuro che ne avrei fatto buon uso.

«Non devi preoccuparti più di niente. Sei giovane, è tempo di pensare all'avvenire, di apprezzare la libertà che ci siamo conquistati. Pensa a farti una famiglia, a crescere dei figli. Falli studiare, portali al cinema, magari a vedere un bel film americano».

Lo disse con convinzione e sentimento. Come se mi volesse bene. L'uomo che aveva mandato a morte mio fratello voleva dimostrarmi che il mio avvenire gli stava a cuore.

Fece un semplice gesto e Casarsa, l'amico Casarsa che avevo salvato dal gelo della Russia, si affrettò a raggiungerci scodinzolando come un fedele cagnolino. Come il cocker nero di Manfredini. Chissà, mi chiesi in modo incongruo, se anche il cocker era una finzione.

Giulio mi prese sottobraccio e mi domandò: «Dove vuoi essere accompagnato?».

«Alla stazione» risposi senza esitare.

Mentre ci avviavamo verso un'auto di servizio Manfredini mi richiamò.

«Un'ultima cosa» disse. «Alessia Reale ti ha detto qualcosa che dovremmo sapere?».

Mi fissava come il cane da presa che era.

«No. Non ne ha avuto il tempo» risposi suggellando il mio personale, definitivo armistizio.

*

Seduto sul sedile posteriore della gazzella dei carabinieri, sentivo Giulio e l'autista parlare delle conseguenze dell'attentato. Pensai si riferissero alla Volante Rossa e alla morte di Malagigi.

Mi augurai che il tragitto fosse breve. Mi stava salendo la nausea e volevo evitare di vomitare dentro una macchina di quello Stato che mi aveva già umiliato a sufficienza.

Avevo chiesto di essere accompagnato alla stazione ma non sapevo assolutamente dove andare.

L'auto rallentò di colpo. In strada c'era un'insolita confusione: gente di ogni età che bloccava il traffico, giovani che sventolavano bandiere rosse e urlavano slogan.

Pensai a uno sciopero, uno dei tanti in quel periodo, ma non si trattava di un assembramento ordinato, di un corteo organizzato. Sembrava piuttosto uno spontaneo confluire di gente arrabbiata. Nello stato d'animo in cui ero mi apparivano come tanti pazzi che urlavano al cielo contro la malasorte, aizzandosi gli uni con gli altri.

L'autista avrebbe voluto accendere la sirena, ma Casarsa glielo vietò e gli suggerì invece di imboccare strade secondarie, per evitare problemi.

Giungemmo a destinazione. Giulio mi salutò frettolosamente. L'auto si allontanò sgommando.

Mi avviai verso la stazione, dove l'assembramento si stava infoltendo in una folla sempre più fitta. Non capivo cosa stesse succedendo e nemmeno mi importava. Ma persino al mio sguardo distratto non sfuggì l'arrivo di una colonna di automezzi della polizia. La tensione era palpabile. Stava per succedere qualcosa di grosso. Non mi domandai cosa.

Mi chiesi solo se i treni partivano. Mi ficcai una mano in tasca per accertarmi di avere ancora dei soldi. Tastai il metallo della chiave della cassetta di sicurezza. Senza nemmeno fermarmi la lasciai cadere a terra, dove fu subito scalciata da un giovane che correva nella direzione opposta alla mia.

Intanto sentii intorno a me brandelli di conversazione.

«Ma che è successo?».

«Hanno sparato a Togliatti».

Togliatti. Il capo del Partito Comunista.

«È morto?».

«Non si sa».

«È in ospedale».

«Chi è stato?».

«Non lo so».

«Uno studente».

«Un fascista, pare».

«Era da solo?».

«Non si sa».

«O Gesù, qui scoppia un'altra guerra civile».

"Un'altra guerra civile" pensai di sfuggita, consapevole che la cosa non mi riguardava più.

Nell'atrio della stazione un tabellone riportava la data e l'ora: le 13 e 10 del 14 luglio 1948.

Ringraziamenti

Grazie a:
Massimo Carlotto, per l'ostinata generosità.
Chiara e Franz Dell'Acqua, per gli impareggiabili giorni piemontesi.
Mia madre, per il costante sostegno.
Mio padre, per il coraggio di ricordare.
Desidero inoltre ringraziare Stefano Gambari, Vittorina Sacco e Claudia Girlando della biblioteca della Casa della memoria e della storia di Roma per la competenza e la disponibilità.

Nota sull'Autore

Marco Videtta è nato a Napoli nel 1956 e vive a Roma. Ha pubblicato saggi e articoli su cinema e letteratura. Lavora come sceneggiatore, story editor e produttore per la fiction televisiva e il cinema.

Il suo primo romanzo, Nordest, *scritto a quattro mani con Massimo Carlotto, è stato pubblicato dalle Edizioni E/O nel 2005 e ha vinto il premio Selezione Bancarella. Attualmente è stato tradotto in francese, inglese e tedesco.*

Indice

Finito di stampare il 9 marzo 2009
presso Arti Grafiche La Moderna
di Roma